高語嵐
認真過日子的普通上班族。
遇事懦弱，感情受過傷害，事業也不太順利。
後遇到尹則，他嘴賤搞怪惹人嫌，花樣百出招人煩，
卻用他的方式改變了她的生活態度，重新振作了事業心。
扛得住甜言蜜語，品得起愛情滋味。
撐得住全新事業，鎮得住搞怪男友。
高語嵐過上全新的生活，最終感情、事業雙得意。

喂，
別亂來
上

喂，別亂來

目錄 Contents

第一章

喂，妳別亂來啊

「語嵐。」

高語嵐出差回來，剛進辦公室還沒來得及坐下，就聽到有人叫她。

高語嵐回頭看，是公司裡的紅人溫莎。

說起這個溫莎，姿色在公司裡排第一，每月業績在公司裡也排第一，為人幹練，頗有手腕，交際做關係的本領也是數一數二，所以確實是公司裡的大紅人。

此刻溫莎正快步向她走來，高語嵐不知道她有什麼事，正要開口問，卻不經意看到旁邊座位上的同事神情古怪。高語嵐還沒反應過來，就被溫莎一把抱進了懷裡。

「親愛的，對不起，我都說了！」

說什麼了？高語嵐丈二金剛摸不著頭腦，正疑惑間，忽然眼前一暗，唇上一緊，淡淡的香水氣息和綿軟的嘴唇觸感嚇了她一大跳。

溫莎很溫柔地吻了她，然後輕聲細語，溫柔膩人：「親愛的，別生我的氣。」

高語嵐僵住，像被人點了穴。

發生了什麼事？

她剛才……是被人吻了嗎？

被個女人吻的？

高語嵐呆若木雞，腦袋空空，簡直不敢相信。

她是個老實本分，古板守舊的良家婦女……不，是良家姑娘啊！

除了高中時早戀，全心投入耗時七年最後卻慘遭男友拋棄之外，她可是清清白白，從不亂搞男女關係，至今空窗，感情沒著落，怎麼就被人給吻了？

簡直，太亂來了！

溫莎似乎並不在意高語嵐的反應，她只安慰般的撫了撫她的臉，然後轉身走了。

高語嵐呆傻傻地以極慢的速度轉頭，愣愣看著溫莎離去的身影，為時已晚地抖著手，指著那個方向，說不出話來。

這、這……犯罪分子從容潛逃，怎麼辦？

高語嵐的理智慢慢歸位，她弄不清怎麼回事，卻完全不敢去看同事們的眼光，她心裡明白，此時此刻，自己絕對是眾人目光的焦點。

神啊，給個地洞可好？

神沒回答，倒是有個小小的聲音說：「語嵐，經理要妳一回來就去找他。」

高語嵐一震，轉頭看了那個通風報信的同事一眼，在她的眼睛裡看到了同情。

同情？

一股不祥的預感湧上了高語嵐的心頭。

經理是個近五十歲的男人，禿頭。

他認真嚴肅地端詳了高語嵐十分鐘後終於開口：「我說小高啊……」

高語嵐正襟危坐，不明所以，忐忑不安，經理長時間的沉默讓她開始走神。

她一會兒得去找那個溫莎算帳，莫名其妙地吻她做什麼，都是女人，好噁心。

這種惡作劇不解釋清楚，她以後怎麼在公司做事？

「妳在公司也一年多了，其實一直表現不錯。」

「應該的，應該的！」

溫莎剛才說她都說了，這話是什麼意思？

「妳知道公司一直不贊成辦公室戀情。」

「經理放心，我不會的。」

剛才那些同事奇怪的表情，是怎麼了？

「可妳戀愛也就算了，還弄個這麼……不同尋常的，對公司其他同事有很不好的影響。」

高語嵐一呆，猛地抬頭，對上了經理大人的眼睛，那眼神，恕她愚鈍，看不明白。

「經理，你說誰談戀愛？」

「妳啊！」經理摸摸光禿禿的腦門。

這次的表情高語嵐看懂了，經理的臉上分明寫著：再裝下去就沒意思了！

「可是，誰喜歡我了？」難道公司裡有哪位精英男士看上了她，而她不知道？

經理大人橫她一眼。

高語嵐莫名其妙，不是有人喜歡她，難道是誤傳她喜歡了別人，造成別人的困擾了？

「經理，我沒有喜歡誰啊！」高語嵐認真為自己辯解，雖然她也很想談戀愛，走出感情的低谷，開始全新的人生，可這事就是沒發生啊！

經理大人咳了兩聲，看著高語嵐，手指敲了敲桌面，似乎在斟酌著該怎麼說。

高語嵐心中那種不祥的預感更強烈了。剛才發生的怪事一幕一幕在她腦海中過場，然後她聽見經理說：「妳和溫莎的事，全公司都知道了。」

「溫莎？」高語嵐一聲大呼，幡然醒悟。

真的太亂來了！

「經理，我絕對沒有愛上溫莎，我喜歡的是男人！」

經理瞥了她一眼，沒說話。

「經理，我跟溫莎絕對不是那種關係。難道她跟妳說她愛上我了？就算是這樣，也與我

無關啊！我跟她不熟，這裡面一定有誤會，真的，要不，把她找來，我們當面說清楚……」

經理咳了一聲，打斷了她的話：「小高啊，我理解妳現在的心情。」

理解？不是相信？

那有個屁用！

「經理，你一定要相信我！」

經理無語，默默開始擺弄電腦。

「經理，我發誓，我愛的是男人，是男人！是男……人啊……」高語嵐那「人啊」兩字差點沒嚥進喉嚨裡，因為經理把他的筆記型電腦轉了過來，高語嵐見鬼一樣地盯著螢幕。

那是溫莎與一個女子擁吻的照片，似乎是在某個酒吧之類的地方。她們穿著火辣，吻得熱烈。溫莎露了半張臉，被看得清楚，另一個女人卻是只能看到後腦杓和身段，乍看之下，還真是很像高語嵐。

高語嵐驚訝地張大了嘴，指著螢幕，手又開始抖，「這個……這人不是我！真的，那個人不是我！」

可經理大人已經不想跟她在「是不是」這個問題上糾纏了，他正了正臉色，語重心長：「小高啊，這戀愛呢，是個人的自由，愛男的還是愛女的，也是個人的自由，不過公司有公

司的規定，我也不想這樣，可我還是得很遺憾地通知妳，妳的離職申請，公司批准了。」

「我沒有提離職申請啊！」高語嵐跳了起來。

「如果妳沒有申請離職，那公司就得給妳發辭退通知，那多不合適，所以，還是妳自己提出來更好些。」

高語嵐傻眼，這太欺負人了！

她用力捏緊自己的手，告訴自己要鎮定，可是委屈與難堪瞬間填滿心頭，她為什麼總是遇到這樣的事，為什麼她總是倒楣的那一個？

「經理，我不能接受，我沒有犯錯！」

「小高，這照片今天一早全公司的同事都收到了。妳剛出差回來，可能沒來得及看信箱。這事有非常不好的影響，也違反了公司的規定。溫莎已經把所有的事情都坦白了，事實就是如此，妳不承認又有什麼用？為了端正公司的風氣，穩定同事們的情緒，公司做出讓妳離職的決定，合情合理。況且公司裡的氣氛已經不適合妳繼續工作下去，所以妳還是配合的好。」

高語嵐恍然大悟，原來同事們的反應是那個意思，但她冤枉啊！

「我是被陷害的，那不是我！」

經理嘆氣，「小高，溫莎都承認了，妳現在說這些都沒用，公司已經做出決定，妳今天

就把工作交接清楚吧，人事部會找妳辦手續的。」

高語嵐咬緊牙關，再也按捺不住滿腔怒火，「我找溫莎去，她為什麼要這麼害我？」

高語嵐咚咚咚猛踩地板，殺到了溫莎的辦公室。

辦公室裡沒人，溫莎的助理小小聲說：「莎莎被責罵了，公司放她一週長假反省。」

長假？憑什麼始作俑者放長假，而她這個受害者卻被開除？憑什麼憑什麼！

她是小人物，她不重要，所以她就得被陷害被欺負嗎？

「把她的手機號碼告訴我！」高語嵐凶巴巴的，嚇了小助理一跳。她遞了張溫莎的名片給高語嵐，高語嵐一把搶過，開始按上面的手機號碼撥電話，結果竟然關機了。

旁邊一個男同事用那種曖昧的眼神看著高語嵐打電話，好像在笑她裝模作樣。

高語嵐大怒，衝他喝道：「我跟她不熟！」

她轉過頭來，又問小助理：「她住在哪裡？」

小助理連連搖頭稱不知道，旁邊幾個同事又看過來，那些目光讓高語嵐急火攻心，一拍桌子，對他們大叫：「我跟她真的不熟！」

所有人連忙低頭，佯裝在忙。

高語嵐站在那環顧，偌大的辦公室，塞滿了人，每一個人的電腦裡，都裝了一張所謂她

的同性親熱照。有人路過，藉機偷偷看她一下，有人埋首位置上，她一望過去，就把頭埋得更低。

高語嵐心裡發涼，終於知道，這裡的氣氛確實不適合她了。

高語嵐忍著氣，含著淚，回到座位交接工作，收拾東西。平時幾個關係好的同事過來幫忙，安慰了她幾句，但高語嵐還是覺得心裡很不好受，她很快辦完手續，回家去了。

這天晚上，高語嵐趴在酒吧買醉。

她一向是個乖寶寶，煙酒不沾，早睡早起，工作認真，老實本分。買醉這種事，真的是她太受刺激了才會幹得出來。今天的經歷實在太悲痛，她決定放縱一回。

酒過三巡，越喝越愁。

碰到這樣的事該怎麼辦？高語嵐不知道。

事實上，類似的經歷她不是第一次了。她耗時七年的甜蜜初戀，就是因為有人栽贓她出軌而悲慘終結。而她的上一份工作，也是因為上司為自保而讓她背黑禍，把簽錯合約的責任推到她身上，於是她被解雇。

這一次更離譜，居然因為跟同事鬧同性戀而被開除。

高語嵐一邊喝酒，一邊抹眼淚。

喝了酒並沒有變得開心，問題解決不了，她失業了，該怎麼辦？

女人愛女人沒有罪，可她愛的是男人，她是被冤枉的。

為什麼總是冤枉她？為什麼她總是被欺負？

酒吧裡的女歌手咿咿呀呀地唱著：「不要害怕，向前走，一切的不美好都會過去，會有天使來愛你……」

哪裡有天使？天使在哪裡？

高語嵐抽泣著繼續抹眼淚，她現在不需要什麼虛幻的天使，她覺得來個男人更靠譜。

她要是有男朋友，就能證明她不愛女人，她愛的是男人。

高語嵐自怨自艾，喝得頭腦發昏，聽到手機鈴聲響了，接起來，粗聲粗氣地問：「哪位？」

「我是溫莎。」

一聽這名字，高語嵐全身細胞都在冒火，一拍桌子，「妳這個王八蛋！妳為什麼要害我？」

「很抱歉，我也是被逼無奈。有人陷害我，這麼巧那照片上的背影與妳很像，再加上妳沒有男朋友，條件符合，我只好拖妳下水了。抱歉，我會補償妳的，若有合適的工作機會，

我一定幫妳介紹。」

「呸呸！介紹妳的頭！妳快把妳的女朋友帶到公司去，跟他們說清楚，還我清白來！」高語嵐越嚷聲音越大：「妳告訴他們，我愛的是男人！是男人！知不知道？」她一口一個男人，還凶悍無比地拍桌子，把旁邊兩個之前想勾搭她的男人嚇跑了。

「妳要證明與我沒有關係，很簡單，找個男朋友不就好了？」溫莎根本不打算聽她的，她做都做了，當然不會自己揭穿自己。她完全不受高語嵐的大嗓門影響，慢條斯理地出主意：「妳把妳的男人帶到公司去，就能揭穿我的謊話了。」

這意思是，看扁了她沒男人，是不是？

她高語嵐是這麼好欺負的嗎？

高語嵐霍地站了起來，搖搖晃晃，大聲道：「我就找個男人給妳看！有了男人，牽他去公司遛遛，妳給我等著！」

她說幹就幹，昏頭昏腦地買完單，腳底打飄往門口晃去，心裡正想著找個什麼樣的男人好，「咚」的很大一聲，她撞到門框上。

周圍的人全看過來，她卻不覺得痛。

門口的服務生趕緊過來扶她，「小姐，妳沒事吧？要不要我替妳叫輛計程車？」

「不用！」高語嵐相當豪邁地一揮手，「不用計程車，我家離得很近！我不回家，我要先找個男人！要男人！」

喝醉酒又瘋癲的女人……

周圍的男人全都火速閃開，生怕被這女人看到。

「不要害怕，向前走，一切的不美好都會過去，會有天使來愛你……」女歌手仍在唱，高語嵐就在這歌聲中搖擺著撇著八字步出了酒吧。

她此時醉意上頭，兩眼發昏，一步一撞地往前挪步子。

這大晚上的，街上還真是有不少男人啊！選哪一個好呢？

高語嵐揉揉眼睛，怎麼看不清楚？看不清楚要怎麼選？

她停下了腳步，微眯眼，瞪著前方，人家說擇日不如撞日，那她選男不如撞男吧！

就他了！正前方那個！

高語嵐悶頭向前衝，也不知道自己究竟幹了什麼，反正迷迷糊糊之間，就聽到一個男人的大叫聲：「妳要幹什麼？喂，喂，妳別亂來！」

第一章

喂，妳別亂來啊

陽光透過窗簾沒遮嚴的縫隙投射進來，落在了凌亂的床上。

高語嵐頭疼欲裂地從被子下面掙扎著探出頭，發現自己驚險萬分的一半身子掛在床邊。她居然用這麼高難度的姿勢睡了一夜？難怪腰酸背痛。

她呻吟一聲，捂著腦袋，掀了被子準備爬起來，然後她一呆，被自己不著寸縷的狀況嚇了一跳。緊接著，零碎的記憶湧入腦子裡——她昨天喝醉了，好像很認真地滿大街找男人來著。

高語嵐倏地一下子坐了起來，用被子迅速把自己包好，橫眼一掃，快速搜索。

謝天謝地，房間裡並沒有來路不明的野男人！

高語嵐鬆了一口氣，感謝天感謝地，感謝自己。

她仔細回想昨晚她都幹了什麼，可惜腦袋空空，什麼都沒想起來。再看了看自己，身上沒什麼痕跡，也沒什麼不舒服，應該沒事，肯定沒事……吧？

那她不穿衣服，睡得這麼奔放是怎麼回事？

內衣褲丟了一地的激烈場景也讓她很不安。

昨晚到底發生了什麼？

正苦思，屋外忽然有些小動靜，似乎是從廚房裡傳出來的。

高語嵐的神經一下子繃緊了。

「男人」這個詞瞬間跳入腦海裡，難道她真搶了男人回家？現在那人在廚房為她做早飯？

不會吧？

她不會做出這麼令人髮指的事吧？

退一萬步，就算她真的酒後亂性了，那被搶回來的男人是有多粗的神經，在這種情況下賴著不走還做早飯？

廚房那邊再一次響起了物體碰撞的聲音，高語嵐嚇得半死，火速跳起來穿好衣服，探頭探腦地打開房門往外看。

媽呀，是誰把客廳弄得這麼亂？

為什麼靠枕都丟地下，鞋子東一隻西一隻，小擺設還滾了一地？

高語嵐剛要開罵，忽又想是不是自己昨晚喝多了鬧的？

她把話嚥了回去，決定先找到那個野男人再說。

高語嵐租的小套房不大，廚房沒多遠，可她磨蹭來磨蹭去，好一會兒才走到。她一邊

走一邊想著該跟那個男的說什麼，是要問問昨晚自己怎麼了，還是不管三七二十一先把他罵一頓？

嗯，無論要說什麼，她得有氣勢！一定要鎮住場面，要占上風！

別管昨晚是她搶了人回來，還是勾引了人回來，別管是不是她主動的，也別管事情進行到了什麼程度，反正依她起床的架勢來看，她肯定被人占便宜了。

所以，無論如何，她得先聲奪人！

要逼迫他把這事忘了，她絕對不會負責的。而且，她可不是什麼隨隨便便的女人，這男人最好能清楚地認識到這一點，別想再占她便宜！

想到這，高語嵐深吸了一口氣，一握拳一瞪眼，武裝好了，快速拐進廚房。

她中氣十足地大喝：「喂，你……」

所有的話在這一瞬間全噎在喉嚨裡，高語嵐瞪大了眼睛，不敢置信地看著前方。

過了半天，她抖著手，指向對方，好不容易憋出了一句：「……你……怎麼變成狗了？」

眼前的小狗兩隻豎耳朵，短短的腿，黃棕色的毛，水汪汪的眼睛，長得要多可愛就有多可愛。牠很乖巧地坐在地上，正歪著腦袋看著她，嘴裡還嗚咽著可憐兮兮地叫了兩聲。

為什麼野男人變成了賣萌犬？

這世界靈異了！

高語嵐完全不知道該怎麼反應，她呆傻傻站了半天，直到那隻小狗不耐煩了，扒了扒櫥櫃門，又跑到高語嵐的腳邊蹭，她這才醒悟過來。她的家裡，真的平白無故多出了一隻狗。

「你是男人變的？還是本來就是一隻狗？」這話問得確實相當白癡，高語嵐對自己能問出這種水準的問題很唾棄，但事情實在是太詭異了，她還能怎麼想？

小狗被她托著兩隻前腳舉了起來，眼睛與她平視。

牠咂巴著嘴，瞅了她一眼後，伸出舌頭喘氣，那小模樣要多無辜就有多無辜。

「不許裝可愛！」高語嵐認真嚴肅地斥責牠。

她瞄了一眼小狗的關鍵部位，確實是「男生」，難道……這世上真的有玄幻的可能？

小狗被她托著不太舒服，開始嗚嗚地叫，扭著小身子想下地。

高語嵐終於投降，行了行了，反正兵來將擋，水來土掩。如果一會兒這隻狗變成了男人，她就把他打出去。她把小狗放回地上，開始收拾屋子。這一收拾，發現客廳裡有兩泡狗尿、一坨狗屎，這讓她氣不打一處來。小狗原本圍著她腳邊轉，看到她對著自己的傑作生氣，居然露出心虛的表情來，還退遠幾步。

高語嵐一看這樣更氣，她抄起一個衣架，對著小狗擺開架勢，「你別以為現在裝出這副

可愛樣我就下不了手，趕緊該變成什麼就變回來，小心我打死你！」

小狗一屁股坐在地上，搖著尾巴，對她討好地嗚嗚低叫。

高語嵐裝模作樣罵了兩句，想想也沒意思。

她把家裡收拾乾淨，把自己也收拾利索了，洗漱好換好衣服，覺得餓了。冰箱裡只有三個冷凍肉包子可以吃，於是她煮了一鍋清粥，又蒸了肉包子。

小狗殷勤又歡喜地在她腳邊轉著，尾巴討好地甩啊甩。

高語嵐摸了摸牠的頭，問道：「你是怎麼來的？」

小狗當然不會說話，只抬眼用水汪汪的眼睛看她，尾巴繼續甩。

很快，包子蒸好了，一人一狗坐茶几前面分包子。

小狗激動極了，守在盤子下面拚命流口水。

高語嵐笑起來，「我兩個，你一個，知不知道？」

小狗顯然不知道，牠吃完一個，渴望地盯著另外兩個。

高語嵐猶豫了半天，「好吧，那你兩個，我一個。」把另一個包子撕開，餵給小狗吃了。

這隻狗又乖又可愛，高語嵐很喜歡牠，但牠憑空出現，來路不明，她也不知道接下來該拿牠怎麼辦。

這時候，門鈴響了，高語嵐開了門。

一個年輕警察和一個腿上打了石膏坐著輪椅的英俊男子在外頭。

高語嵐掃了他們一眼，問：「你們找誰？」

警察沒說話，低頭看了看石膏男，石膏男盯著高語嵐看了好一會兒，皺起眉頭問：「妳不記得我了？」

高語嵐仔細看他兩眼，搖頭，「不認識。」

「再給妳一次機會。」石膏男一臉不高興。

莫名其妙！

「你們敲錯門了！」高語嵐想關門，可石膏男這時指著她大聲道：「警察先生，就是她，她打傷了我，搶走了我的狗！」

晴天霹靂。

高語嵐驚得張大了嘴。

搶狗？

所以，昨天晚上，她竟然沒搶男人，搶了狗？

這就是真相？

高語嵐把嘴閉上，認真苦思，她搶狗的時候，到底在想什麼？

她什麼也想不起來，這時聽得身後窸窣的細碎腳步聲，轉身一看，那隻小狗嘴裡叼著最後一個包子，樂顛顛地跑了過來。

石膏男喊道：「饅頭！饅頭！」

高語嵐：「……」三個包子全沒了！

石膏男誇張地張開了雙臂，「饅頭，饅頭，你受苦了，我來接你了！」

高語嵐愣愣地看著那隻叫饅頭的狗歡天喜地嚥下了最後一口包子，撲進石膏男的懷裡。

「我可憐的饅頭啊，這個女人有沒有折磨你？非禮你？恐嚇你？」

高語嵐閉上了嘴，牙根都咬上了。

他該打石膏的不是腿，是腦子吧！

警察和石膏男進了門，高語嵐沒敢攔，因為石膏男說在這裡談，或是去警察局聊都可以。

誰會想去警察局喝茶呀？高語嵐當然選擇在自己家裡談。

「證件先給我看一下。」雖然心裡驚疑，但高語嵐還是佯裝鎮定地問。

石膏男踱踱地把身分證掏出來甩在茶几上，警察也把證件拿出來讓高語嵐看了一眼。原來石膏男叫做尹則，而警察叫做雷風。

高語嵐把證件還了，面無表情地問尹則：「你有什麼證據？」

其實剛剛一坐下，高語嵐就認真看了看尹則的臉。

他朗目疏眉，儀表堂堂，雖坐在輪椅上，但也能看出來他身形頗高大。

高語嵐不記得他的樣子，但腦海裡閃過昨晚她衝過去摸了某人臉一把，然後踹了他兩腳，抱起狗就跑的零碎片段。

現在看來，那個某人，就是他了。

原來喝醉了，記憶也亂來了。

早不想起，晚不想起，等人家找上門來算帳了才想起，這下要怎麼補救才好？

「要證據？妳是想賴妳沒做過？那我家饅頭怎麼會在妳家裡？」尹則質問。

高語嵐看了看一旁正自己跟自己尾巴在玩的饅頭，心一橫，裝傻說道：「我哪會知道牠是怎麼來的？我喝醉了，一起來就看到牠在我家裡。也許是我昨天在路上看牠流浪，所以撿回來的呢！還有，你怎麼證明這狗是你家的，你叫牠饅頭就行了嗎？我還叫牠包子呢！」

饅頭聽到牠的名字，抬頭看看他們。

高語嵐學著尹則誇張地張開雙臂，「包子，包子，來！」

饅頭相當配合地搖著尾巴就過來了，坐在高語嵐腳邊親熱地靠著。

高語嵐神氣地昂起頭，一副「怎麼樣」的得意表情。

尹則冷冷一笑，「我家的狗沒節操，妳得意什麼？」

高語嵐噎住，說道：「反正你口說無憑，帶著警察來也沒用！」她比劃著自己的手臂，「你看，你比我高比我壯，就我這細胳膊，能從你那搶走狗，還把你打到坐輪椅，誰信？」

「喲，挺囂張的，竟然會推理分析！」尹則誇張地挑著眉毛，然後臉色一整，也不知從哪摸出個牛皮紙袋來，「要證據是吧？妳看！」

他從紙袋裡掏出幾張紙，「妳昨晚先是過來摸我的臉，我要妳別亂來妳不聽，然後就發脾氣踢我。我絆到了臺階，扭到腳，妳抱起我家饅頭就跑。正好過來一輛計程車，妳跳上去就逃了，我沒來得及追，但是車牌號碼我記下了。」

他把那些紙片一頁頁攤開，「警察先生幫我聯絡到了計程車司機，他對那個醉醺醺抱著一隻小狗的女人很有印象，於是告訴我們妳下車的地址，我們就找到了社區，再問了保全，就找到妳了。妳看，這是計程車司機的證詞，怕妳不認帳，事發當時我立刻讓周圍目擊證人留下聯絡方式，這三份是目擊證人的證詞，證明妳對我施暴並搶走了我的狗。」

高語嵐傻眼，不會吧，要不要這麼周全，這麼短的時間裡連證人證詞都找齊了？

尹則又接著說：「這一份是醫院的驗傷證明，因為妳對我殘酷毆打，致使我腳踝骨裂，韌帶拉傷，現在打了石膏，起碼一個月都得靠這輪椅，這是醫藥費的單據。」

高語嵐盯著那五位數的醫藥費看，這是什麼醫院，吃人黑店嗎？

尹則還沒說完，他乘勝追擊，又說：「妳剛才露餡兒了，妳說把我打到坐輪椅，請問，妳怎麼知道我原先沒坐輪椅？我說妳打了我，可沒說我坐輪椅是被妳打的。」

高語嵐抬眼看他，慢吞吞地答：「你想太多了，我這是合理推測。任何一個人看到一個受傷的人大叫你打了我，肯定會以為他說的就是身上現有的傷。不這麼推測的人，肯定是傻子。」

還敢偷偷罵人？尹則微瞇眼，對上高語嵐的眼睛。

高語嵐雖然心虛得很，但也不甘示弱，瞪著雙眼回視過去。

兩個人你看我我看你，最後是尹則笑了，「妳真是有趣，我就喜歡有趣的。」

他拍拍那些證詞和醫藥費單據，「總之，妳得賠償我醫藥費，還有我的精神損失費，不然就讓警察先生抓妳去坐牢。」

高語嵐這個時候才想起旁邊坐了一個警察。

這個年輕警察在兩個人之間也太沒存在感了，從頭到尾都沒說過話。

不過，此刻因為尹則點到了他的名字，雷風終於還是開了口：「這件事證據確鑿，如果

你們雙方不能達成和解，尹先生執意要告妳，我也只好帶妳回去調查。」

真的假的？

高語嵐權衡著局勢。按理說，這件事確實是她不對，人家又是有備而來，證據都找好了，她不和解不行，可這五位數的醫藥費確實是太高了，她沒錢，又剛失業，她實在是賠不起。

想著想著，高語嵐又恨起那個溫莎來。

都怪她，要不是她陷害自己，自己怎麼會失業？不失業就不會去買醉，不買醉就不會發酒瘋。對了，是溫莎在電話裡慫恿自己去找男人的，都是她的錯！

她怎麼就這麼倒楣，老是碰上這樣的事？

高語嵐看看尹則，又看看雷風。

不行，她得想想辦法，她真的賠不起！

高語嵐偷偷用力掐了自己的大腿一下，眨了眨眼睛，感覺眼睛裡泛起了水氣，就開始裝可憐，「我昨晚真的喝得很醉，根本不記得發生了什麼事。尹先生說的這些，我一點印象都沒有。如果真的是我幹的，我願意負責。話說回來，其實我真的是一個可憐的人。我以前就是被人陷害，迫不得已離開了老家，獨自出來打拚的，結果昨天是我人生中最灰暗的一天。我被人陷害，丟了工作，還有還有，我在上一家公司也是蒙受了不白之冤。警察先生既然在

這，我順便問一問，我被陷害的事能立案嗎？」

雷風一愣，怎麼話題轉得這麼快？

尹則在一旁哈哈大笑，「妳是受冤枉專業戶嗎？」

高語嵐白他一眼，繼續往下說。

她把昨天發生的事全都說了，她怎麼獨自在這裡奮鬥，沒有朋友，沒有父母照顧，辛苦上班，勤勤懇懇，但是公司卻無情無義，聽信謠言解雇她。她受了很多委屈，極是酸楚，她把自己說得真的難過起來，半真半假流下了眼淚。

她一邊抹眼淚，一邊認真問雷風：「警察先生，你說我這事，警察會管的吧？」

雷風一臉黑線，這女人說的話也不知真的假的，怎麼說話風格感覺跟某人很像。

他瞄了一眼尹則，正不知該怎麼答，尹則開口了：「妳有證據嗎？」

高語嵐拿出包包，從裡面掏出她和溫莎的名片來，「你看，這是我們公司，就是這個女人害了我，警察先生到公司裡一問就知道，那裡全是目擊證人。昨天我心裡難過，才會去酒吧喝酒，而且這女人還打電話來，趁我喝醉了刺激我，說她不會替我澄清這事，有本事找個男人去公司，讓大家知道我的對象不是女人，所以我一衝動，酒後亂性才做錯事的。」

尹則接過名片仔細看，看著看著，聲情並茂地說：「太可憐了，真是跟我一樣可憐！」

他演得投入，雷風頓時閉嘴。有尹則在，他不說話就對了。

高語嵐原本看警察先生表情軟化，心中暗喜，可旁邊這個尹先生陰陽怪氣一說話，好像整個局面又變了。

高語嵐忍不住瞪尹則，卻見尹則一揮手，對雷風說：「我不告她了！」

高語嵐一呆，有些不敢相信，這麼好說話？

可尹則又指指那個醫藥費單據，「反正妳欠我這個數，要是賴帳，我再告！」

高語嵐暗自咬牙，尹則眨眨眼睛，接著道：「妳這個事情太好玩了，我第一次聽說有這樣的事，我來幫妳吧。妳不是要找個男人裝成男朋友殺回去耍耍威風嗎？妳看我怎麼樣？不過，醜話說在前頭，我只冒充一下妳的男朋友，不能當真，不然我虧大了。」

雷風在旁邊一個勁兒地咳，尹則和高語嵐同時轉頭看他，又轉回來大眼瞪小眼。

尹則一臉期待，高語嵐卻是斬釘截鐵，「不要！」

「哦，太傷人了！」尹則捂心口。

雷風揉揉額角，當作沒看見。

「妳一定要給我一個理由！」尹則的悲痛狀演得很像，「我一表人才，相貌堂堂，出得廳堂，入得廚房，又路見不平，勇於拔刀相助，妳現在正是缺男人的時候，天上掉下一個好

男人，妳還有什麼好嫌棄的？」

高語嵐瞄瞄他的石膏腿，慢吞吞地答：「連小狗都護不住的男人，這種出息，拿不出手。」

尹則被噎著，瞪她。

高語嵐轉頭看看腳邊的饅頭，對上牠水汪汪的眼睛，問：「對吧？」

饅頭「汪」的叫喚了一聲，居然應了。

高語嵐被逗得哈哈大笑，把饅頭抱起來親一下。

對個鬼！

尹則轉而瞪向自家那隻沒節操只會賣萌的狗，對高語嵐道：「咱倆水準一樣，妳的男人不只是搶一隻狗這出息。」

高語嵐的笑容僵在臉上，最後「哼」了一聲，把饅頭丟進尹則懷裡，下逐客令：「警察先生，這人說不告我了，那就沒什麼事了，你快把他帶走吧！」

尹則抗議，非說要知道這件事的真相，要假扮高語嵐的男朋友去她公司玩玩。不過，雷風和高語嵐都沒理他，三兩下把他的東西收拾好，送他出大門。

尹則被雷風推著出去，嘴裡還大喊著：「妳會來找我的，等著瞧！」

砰！

回答他的是高語嵐用力關上門的聲音。

送走了瘟神，高語嵐開始認真想這事，如果這尹則真的再來跟她要錢該怎麼辦？她現在租的這個房子很好，她不想搬不想逃。最後她決定不管他，反正兵來將擋，水來土掩。

接下來的一週，高語嵐過得稀裡糊塗。她沒什麼存款，得趕緊找份新工作，可上網一看，沒什麼合適的，但她還是硬著頭皮，把能投履歷的全都投了，然而一週過去了，一個通知面試的電話都沒有。

前公司裡有幾個要好的同事跟她聯絡，問問她的情況。高語嵐很認真地解釋自己被陷害，她跟溫莎沒這種事，但每個人都說愛莫能助，現在解釋也沒用了。甚至有人還說，她這事傳得很快，連客戶那邊都知道了，還打電話到公司裡問。

這讓高語嵐有些難過，謠言越來越廣，卻沒人能幫她。

一個多星期後，高語嵐接到電話，是原來公司裡一個關係不錯的同事打來的。

「嵐嵐，妳快到公司來，妳男朋友來找溫莎了！」

「男朋友？找溫莎？」

「對！」

「我男朋友長什麼樣？」高語嵐心裡有著強烈的不祥預感。

「嗯……還挺帥的，高高的，笑起來有點痞痞的。」

「腿打石膏坐輪椅？」

「那倒是沒有。」同事覺得奇怪，「嵐嵐啊，妳有幾個男朋友？」

高語嵐深吸一口氣，雖然沒有石膏和輪椅，但個子高高的，笑得痞痞的，還會冒充她男朋友去公司找樂子的，她只能想到一個人。

「那不是我男朋友，那是饅頭牠爹！」

高語嵐掛上電話，火速趕到了前公司。

櫃檯小姐一見到她就眼睛發亮，壓低了聲音喊：「語嵐，妳男朋友來了喔！」

高語嵐心裡一抖，禍害啊，怎麼就弄得人盡皆知了？

「溫莎在哪裡？」

高語嵐自認為這個問題問得很有水準，既沒承認什麼男朋友，也能打聽到他所在的地點。現在當務之急，就是在不良影響擴大之前，把那個禍害趕緊拎走。

可櫃檯小姐也回了一個很有水準的答案：「溫莎跟妳男朋友在一起。」

高語嵐眼角一抽，「那究竟是在哪裡？」她咬著牙，顧不上裝斯文賣客氣了。

「在溫莎的辦公室。」

高語嵐頭一轉，抬腳就往溫莎的辦公室走，走了兩步，忍不住猛回頭，大聲解釋：「他是冒充的，我不算認識他！」

櫃檯小姐捂著嘴笑，「知道知道，妳快去吧！」

高語嵐看著那笑容，越想越憋屈，「我真的不認識他！」

櫃檯小姐笑容更燦爛了，高語嵐眼看解釋無望，只得轉身朝著那兩個禍害的方向疾奔而去。

她前腳剛走，後腳櫃檯小姐就撥了電話：「注意注意，女主角來了，妳們看到什麼情況一定要告訴我啊！我跟妳說，我現在才發現原來語嵐好可愛哦，女朋友她不熟，男朋友她不認識，妳沒看她那表情，好害羞好萌喔……」

高語嵐沒聽到櫃檯小姐那些「睿智」得會讓人吐血的話，她走到溫莎的辦公室前面，一眼就看到了尹則坐在裡面，與溫莎正相談甚歡。

此時正是下午時分，陽光明亮溫柔，透過落地窗灑進溫莎的辦公室，落在那一男一女身上。男的高大帥氣，女的美豔耀眼，兩人一言接一語，雖然表情有些認真嚴肅，但看起來氣氛融洽。

這景致美好，在陽光的映照之下，真是一幅美好畫卷。

好一對璧人！

卑鄙無恥的小人！

高語嵐咬牙切齒，恨不得抄起辦公室的垃圾桶，一人給他們頭上罩一個。

她不知道尹則來這裡幹什麼，也不知道那兩人到底聊些什麼，左右一看，辦公室裡人人都在看著她。好吧，衝進去開罵顯然不是上策，於是她站在原地，靜靜盯著那兩人看。她其實有些不知所措，只能以不變應萬變，看清楚情況，想好對策再說。

她是不動，辦公室裡的人卻動了。

有人拿起電話說道：「喂喂，現在情況微妙，女主角站著沒動，目光閃爍瞪著那對看。那對也有趣，在裡頭說了半天話也沒出來……嗯嗯，不知道後面會怎樣，有新情況再告訴妳。」

「……真的真的，我沒騙妳，我頭一次見一男一女搶一個女的！沒沒，現在還沒打起來，嗯嗯，我等著看……」

在這種詭異的氣氛中，高語嵐的耳力驟然提升百分之兩百，竟把這些竊竊私語聽到了七八成。她心一橫，好吧，她是想低調來著，你們偏偏不給機會！

高語嵐大踏步向那對璧人走去，雖然沒想好能怎樣，但抬頭挺胸，氣勢十足準沒錯。

高語嵐猛地推開了玻璃門，裡頭坐著的俊男美女同時回頭，見到她均是一愣，又同時露出了迷人的微笑，異口同聲喊道：「親愛的，妳來了！」

兩個聲音一磁性一甜美，高語嵐的氣勢一下被他們喊滅了一半。她僵在門口，不敢回頭看外面眾人的反應，可這樣不是辦法，最後她深吸了一口氣，快速在心裡重新武裝，接著一個箭步衝上前去，拉起尹則，拖著他就往外走。

多說多錯，這年頭，地球人的想像力都強大到占領宇宙了，她無論說什麼，肯定都會被演繹成匪夷所思的劇情，所以她不說話，她把這傢伙拎走就行。

高語嵐打定主意沉默是金，尹則卻是咧著嘴笑，一派輕鬆。

有人故意問：「高語嵐，這誰呀？」

尹則居然認真答：「我是嵐嵐的男朋友，溫莎可以作證。」完全不知低調與羞恥為何物。

還溫莎可以作證！

高語嵐氣得一摔手，這算是跟溫莎合夥來欺負她嗎？

尹則舉起雙臂作投降狀，嘴裡哄著：「好了好了，別生氣，我這不是聽說妳被欺負，來看看是怎麼回事嗎？沒跟妳打招呼是我不對。」他說著，靠近高語嵐，低聲快速說了一句：

「我來都來了，妳就順手利用一下嘛，我會配合的！」

高語嵐用力瞪他，利用他的頭，配合他的腦袋！

她壓低了聲音警告：「聽著，這事對你來說或許很有趣，對我卻不是。如果你再亂來，我就拿垃圾桶蓋你頭上。」

尹則微笑，露出縱容又無奈的表情，擺了擺手說道：「好了好了，別生氣！」

兩個人靠得近，又貼著耳朵低語，在外人看來，確實像是親密的一對。

旁邊一個男同事用譏諷的語調說道：「平時看起來正正經經的，想不到居然是這種人，男的女的都搞，真夠爛的！」

這話清清楚楚地刺進高語嵐和尹則的耳朵裡。高語嵐僵在那，握著拳頭，克制著自己不要轉頭去看那個人，她瞪著前方，前方就是尹則的臉。

尹則收斂了笑容，轉頭去看那說話的人。

高語嵐臉漲紅，被那侮辱的話氣得不知該怎麼反應。

她滿腦子的後悔，她不該來的。這次來，比上次更屈辱。她為什麼這麼笨要跑過來？他們再這怎麼鬧都隨便了，反正她離職了，眼不見為淨，她為什麼這麼笨要跑來這？還聽到這麼噁心的話。

尹則拉過她的手，牽著她往外走。此時此刻，高語嵐沒了掙扎的情緒，她低下頭，藉著他的身形擋著自己，她再也不要來這個地方了。

尹則忽然停下來，高語嵐也跟著停。她抬頭一看，竟然是停在剛才說話侮辱她的那個男同事身邊。那人素來嘴賤，鮮少有人喜歡他。

尹則這時忽然發難，他猛地抄起那人座位旁邊的垃圾桶，扣在那男人的頭上。大家震驚譁然，高語嵐目瞪口呆。她還沒反應過來，手上已經被尹則塞進另一個垃圾桶，他大聲道：「親愛的，上啊！」

高語嵐一激動，一個箭步衝上去，狠狠一個倒扣。

那男人先前那個垃圾桶還沒取下來，又被扣上一個。

高語嵐一邊壓一邊罵：「你才爛人，大爛人！」

尹則拍手助威，打完了就撤，他拉著高語嵐往外走，嘴裡還說著：「好了，這下都解釋清楚了，我們走吧！」

打完了人叫解釋清楚了？

這邏輯讓高語嵐很高興，人果然不能太軟弱，對付賤人就得來暴力的。

他們剛邁出兩步，卻聽得身後一聲暴喝。那個賤男把垃圾桶從頭上取下，站了起來，滿

嘴粗話，大聲叫罵地朝高語嵐衝過來。

尹則轉身，狠狠一把將那男人推開，喝道：「要打架？你動手試試？」

尹則身形高大，眼神凌厲，逼前一步，冷冷盯著那賤男，很有幾分惡狠狠的架勢。這看在高語嵐眼裡，頓時覺得這石膏瘸腿男瞬間從慫人變漢子。

她受了鼓舞，跟在他身後捲袖子。

要真打起來，她就在後面吶喊助威揮扇子。

賤男見此情形，男的凶悍女的潑辣，這事他也不在理，真打起來，也不知會怎樣。一時間，倒不敢真的動手。

劍拔弩張的場面把偷偷看熱鬧的人都嚇到了，同事們紛紛擠過來，勸架不是，不勸又不好，圍了一圈，倒像是在明目張膽看熱鬧了。就連溫莎也站在辦公室門邊，靜靜看著這一切。

公司裡鬧烘烘的，終於把高層驚動。

禿頭經理一馬當先過來，「這是幹什麼？都沒事做了嗎？」

尹則精神抖擻，大聲應：「是啊，老闆，他們好閒啊！」

高語嵐一驚，這漢子眼看要變身影帝了，危險！

她生怕尹則把事情鬧大，趕緊拉了他就跑。

尹則一邊跑，一邊還回頭喊：「老闆啊，他們太調皮了，要扣他們薪水，一定要扣啊！」

高語嵐滿臉黑線，拚盡全力將他拖進電梯，眼看著電梯門關上，才終於舒了口氣。

「妳跑什麼，不是要討回公道，證明清白嗎？」

高語嵐瞪他一眼，要不是他來鬧，她的流言版本也不會多出這麼多。

她轉頭盯著電梯樓層面板，在心裡盤算著後面該怎麼辦。

「好嘛，我道歉。沒想到妳也會過來，讓妳遭遇這麼難堪的場面，我道歉。」尹則端正臉色，但高語嵐就是覺得他很沒誠意。

電梯門開了，高語嵐悶頭往外走。

尹則追過去，還沒開口，高語嵐猛地回頭問：「你的石膏呢？不是得坐輪椅一個月嗎？」

尹則一愣，而後痞痞一笑，「我的復原能力超出了醫生的想像。」

「騙子！」高語嵐罵完，忽然靈光一閃，「你全是騙人的對不對？那石膏是假的？什麼驗傷報告、醫藥費單據都是假的？」

「被妳毆打，腳受傷，絕對是真的！」

「到底是怎麼回事？」高語嵐頭頂開始冒火。

「那蒙古大夫正好是我同學，看我腳有些扭傷就很好心地順便讓我做了個很細緻全面的

全身檢查，然後誇張地打了石膏，開了最貴的藥，要榨乾我身上的所有油水。」

「他跟你有仇？」

「那是我鐵桿哥們兒，只是表達友情的方式比較特別。」

高語嵐真想咆哮，「你只是扭傷腳，幹麼要找警察上門說要逮捕我？」

「哦，雷風也是我同學，我找到妳的過程是真的。找到妳之後，我要去接饅頭，腳打了石膏不方便，得有人伺候一下才好。」尹則很不以為然，「人民警察為人民，人民打了石膏警察幫忙推推輪椅，應該的，應該的。」

「應該你的頭！你們幾個愛玩是你家的事，幹麼這麼無聊欺騙恐嚇無辜百姓？」這王八蛋，真是太亂來了！高語嵐氣得七竅生煙。

「怎麼是欺騙恐嚇？」尹則捂著心口，一臉受傷，「妳在羞辱我的幽默感！」

「不，我在鄙視你的節操！」高語嵐咬著牙，不想再看他，轉頭走了，一邊走一邊嚷嚷：「錯了，這傢伙沒節操，我的鄙視還浪費了！」

尹則看著她的背影，大聲喊：「嵐嵐啊，我們趣味相投，做個朋友吧！」

「滾！」高語嵐很有氣勢地大吼，浪費是犯罪，她的鄙視存貨不多，不能就這麼浪費光了。

她大步疾走，吼完了那聲滾，轉頭回來，不料方向走偏，竟一頭撞到樹幹上。

她痛叫一聲，捂著額頭，蹲在地上。

身後傳來尹則哈哈大笑的聲音，高語嵐在心裡咒罵，她決定了，浪費就浪費吧，她鄙視這無賴到底！

那天晚上，高語嵐一夜沒睡好。陳年往事在她腦子裡浮現，還有溫莎的陷害和尹則的戲弄也讓她越想越憋屈，越想越煩躁，最後乾脆起來收拾行李。

衰神率領的恐怖組織火力太過強大，我軍不敵，撤退暫避總可以吧？

她決定先不找工作了，不找男人了，最近做什麼都不順，她還是先回爹娘家尋找家庭溫暖，轉轉運的好。

第二章

冤家相見，分外討厭

高語嵐的父母住在C市，離她工作的A市只有四小時的車程，坐客運很方便。這也是愛女心切的高爸高媽願意讓寶貝女兒獨自在A市工作的原因之一——女兒還在可監控的路程範圍內。

第二天，高語嵐提著一個旅行包出現在家門口，把在家裡閒得正無聊的高媽媽嚇一跳。這怎麼不打招呼就回來了？沒過節沒喜事沒喪事的啊！

高媽上下打量著高語嵐。

嗯，看那兩眼無神一臉皺巴巴的包子樣，肯定是在外頭出什麼事了，可略略一問，高語嵐卻只推說沒什麼。

高媽趕緊打電話給正在上班的高爸，老兩口一合計，取得了共識。當年女兒傷透了心，遠走他鄉，如今萎靡歸來，鐵定是又有了傷心事。不能讓她更難過，要沉住氣，別逼問，等找個適合談話的時機再說，而且趁著這次女兒回來，他們得趕緊把找女婿的大事給推進推進。

戀愛是個好東西啊，能療傷，能振作，能上進，能把女兒的下半輩子照顧好！

老兩口商量好後，高媽心裡踏實了。為了歡迎女兒回來，製造良好的溝通氛圍，好好跟女兒交交心，高媽買了一大堆菜，施展功力做了一頓豐盛的晚飯。

燒排骨、燉雞湯、麻辣豆腐、紅燒魚……六菜一湯擺滿了一大桌子，把高語嵐嚇了一跳。

「爸，咱家中樂透了？」

「沒有，不過差一點就中了。」

「差一點？」

「嗯，我上星期，靈光一閃，想到了一組號碼。大獎開出來一看，那些號碼都對上了，一個不差。」高爸的語氣裡充滿了自豪。

「既然都對上了，怎麼還差一點呢？」高語嵐又被嚇了一跳，她家老爸居然也有全猜中矇對大獎的時候？

高爸長嘆一聲，表情相當遺憾，「可是我寫的時候，覺得有兩個號碼得改一改，然後臨出門的時候，又把另兩個號碼給改了，到了彩券行，我看人家寫的號碼，對照了一下自己的，又把別的幾個號碼改了。」高爸一臉的沉痛，「最後一個號碼都沒中。」

高語嵐一臉黑線，這差一點還真是差得挺遠的。

她安慰自家老爸：「嗯，那也算是一如既往，保持了你的風格。」

高爸皺著臉，很不甘心，就把兩個雞爪全夾到自己碗裡，「吃什麼補什麼，我吃點爪子，好抓錢。」

提到彩券，高爸有說不完的心得，一邊啃爪子一邊說開了，正滔滔不絕，腿上猛地挨了高媽的一記踢，高爸趕緊控制住了話匣子，夾了一堆菜給女兒，開始打聽她為什麼回來。

高語嵐一邊努力吃菜，一邊琢磨著怎麼說才好。老爸老媽不笨，她突然不管工作跑回來，怎麼也說不過去，於是她乾脆把丟了工作的事說了，當然沒提那個被陷害的過程，只說公司小人當道，她被人排擠丟了工作，還被同事笑話沒男朋友。

高媽一拍大腿，「嵐嵐，咱可不能輸了，快找個男人，帶回公司亮給他們看！」

「對對，嵐嵐，別傷心，爸認識不少好小夥子，給妳介紹介紹，挑個皆大歡喜的。」高爸也趕緊加把勁遊說。

高語嵐埋頭吃飯，還皆大歡喜呢，她爸的成語運用是越來越靈活了。

她就知道，這家庭溫暖控制不好會太熱，整得她一身汗。

「爸、媽，我很好，不著急，就是突然有時間了，也好久沒見你們，就回家住住，過幾天我就回去了。工作啊，男朋友啊，找找就有了，沒事。」她想想，又補充一句：「可千萬別給我安排什麼飯局相親的，我先說好，我不會去的。」

高爸高媽一聽，互看一眼，沒再說什麼。晚上老兩口關房裡商量，女兒在外頭受了挫折，正是他們留人的好機會。現在回家了，一定要讓她開心振作起來，一定要多留她住一段時間，介紹個好男人給她，她自然就不走了。至於不能安排飯局的警告，那都是小問題，很好處理。

「明天看我的！」高媽一拍胸脯，信心滿滿。

第二天一大早，高媽就把高語嵐拉起床，要她陪著一起去練太極拳，說是年輕人要多運動，運動舒展肢體能愉悅身心，走出低潮。

高語嵐一想，對，練練拳，說不定還能把衰神趕走。於是她抖擻精神，跟著去了。

沒想到，高媽去練的太極拳是山寨貨。當老師的老太太舞的拳法堪稱「出神入化」，各種詭異看不懂，一堆老頭老太太跟在後面比劃，那真真是群魔亂舞。

高語嵐站在他們中間，鶴立雞群，青春耀眼，再醒目不過了。公園裡來來往往的人都看著她，臉上的笑容讓高語嵐腦子裡各種猜測，偏偏那群老頭老太太們舞得歡天喜地，就高語嵐傻子似的瞪大眼看著，要多尷尬就有多尷尬。

她也很想融入團體，低調行事，可這舞不出手怎麼辦？

誰能告訴她，為什麼電視裡老人家健身的太極拳這麼飄逸瀟灑，輪到她親娘參加活動，就是手腳動作都亂來的山寨版？

好不容易，這場「愉悅」的運動舒展終於熬完，高語嵐趕緊想拉著老媽快逃，結果她走近高媽，卻聽見她跟兩個拳友說：「太早了他們不肯來啊，也是也是，年輕人嘛，喜歡睡懶覺，我們再找機會好了。」

高語嵐聽到這話，覺得有點古怪，再配上那兩個拳友老太太用一種相看的眼光打量她，她心裡生出了不祥的預感。

她趕緊拉著娘親大人飛也似的離開，下定決心明天絕對不來了。

頭一天的開場就失敗，高媽沒有氣餒，又帶著高語嵐逛菜市。

高語嵐一手提菜，一手拎魚，陪著高媽逛了半天，最後跟著在豬肉攤前站定挑豬肉。她看著自家老媽把每片豬肉都摸遍了還捨不得離開，正覺得奇怪，這時迎面來了個誇張爆炸式卷髮的胖老太太，那人見著高媽喜笑顏開，一看高媽身邊的高語嵐更是滿意地點頭。

高媽高興地叫道：「燕大姊也來買菜啊，真是巧！這是我女兒嵐嵐，嵐嵐，快叫燕阿姨！」

高語嵐叫了人，看自家娘親一個勁兒往人家燕阿姨身後看，就知道她又搞鬼了。

果然那燕阿姨身後走過來一個高高瘦瘦的青年，長得人模人樣，不過此刻一臉嫌棄的表情，明顯對菜市場的環境很不滿意。

「媽，妳買完沒有？快點走了，這裡髒兮兮的！」那青年一過來就對燕阿姨抱怨。

燕阿姨把他拉過來，「這是我們家強子，今天難得願意陪我來買菜。」

高媽客氣了幾句，誇了誇那強子一表人才、孝順體貼什麼的，聽得高語嵐在心裡使勁撇嘴。

強子衝高媽和高語嵐點點頭，又催燕阿姨快點買完要走了，燕阿姨順著話尾趕緊說：「你們年輕人就是不愛逛，那你和嵐嵐在這裡等我們，我跟嵐嵐媽媽先去買點菜，一會兒回來接你們。」

高語嵐一臉黑線，不是吧？

敢情是兩位長輩知道要是明說是相親吃飯小輩一定不願意來，乾脆就約相親買菜了？她家娘親大人也太有才了，這變相相親要不要挑在豬肉攤前面啊？

兩個當媽的手挽著手高興地走了，留下高語嵐跟那個什麼強子面面相覷。

高語嵐正覺得尷尬，強子忽然冷笑一聲，說道：「我說我媽怎麼今天說腿有些不舒服，非要讓我送她來買菜，原來是安排了這一齣。」他瞥了兩眼高語嵐，又說：「妳行情不好找不到對象？別的地方約不到，乾脆連菜市場都用上了？」

強子的語氣是高語嵐非常反感的嘲諷，尤其他那自以為是的高姿態更是讓高語嵐討厭，大家都是被逼出來相看的，憑什麼他就高她一等？

她側頭瞅他一眼，又瞅了瞅旁邊的豬肉攤，說道：「你錯了，約在這裡不是我行情不好，是特意要到這裡來比較比較……」

她拖長了聲音，看到強子揚了揚眉，對她後面的話似乎有些好奇，便一指豬肉攤上掛著的豬頭，大聲說道：「是要比較一下，如果見到的那個男人不如豬頭，那就寧可買個豬頭！」

她說完這個，大聲對賣豬肉的喊：「老闆，這豬頭我要了！」

晚上，吃完了豬頭大餐，高媽和高爸又關在房裡說悄悄話，今天的任務失敗，第一場健身相親沒見著人影，第二場買菜相親不歡而散。女兒對那個強子非常反感，說他一副拋妻棄女的衰樣，看來是完全沒有看上眼。

高爸高媽總結了一番，現在相親都不容易，他們老兩口還得再接再厲。

最後，高爸一拍胸脯，「明天看我的！」

第二天，高語嵐打死不出門，她窩在家裡，醒了就吃，吃飽再睡，而高媽除了出門買菜，也窩在家裡陪著女兒。

高語嵐放心了，都宅在家裡頭了，可不會再有什麼危險出現了吧？

吃晚飯的時候，高爸沒回來，高媽招呼女兒吃飯，說高爸今天約了人喝酒，不回來吃了。

高語嵐也沒在意，吃完了飯，看了會兒電視，然後拿了一本雜誌蹲廁所去了。

雜誌最後她也沒看，因為她一邊坐在廁所裡，一邊開小差想著溫莎的事。

溫莎陷害她，說是不得已，說自己也是被人陷害。那就是說，照片是有人偷拍的，打算

給溫莎製造點醜聞？可她把她女朋友說成自己又有什麼好處？

難道她是怕這事有不好的影響，公司會開除她，所以拉一個墊背的？如果是兩個人犯錯，那公司擇其一斬立決，另一個就有臺階下能留下來。她高語嵐對公司來說可有可無，那能留下來的當然就是溫莎。

高語嵐越想越生氣，太狡猾，太陰險了！

這時候，她聽到家裡大門開了，她爹喝得醉醺醺地大聲叫：「嵐嵐啊，妳快出來……」

「出不來，我在廁所！」高語嵐大聲應著，心想她老爸真麻煩，又喝醉了，一喝醉就喜歡大聲嚷嚷。

果然，高爸接著嚷：「出來出來，在廁所幹麼呢？」

在廁所還能幹麼？

高語嵐沒好氣地大聲回答：「大便！」

「哦哦，那妳先大著！」高爸的嗓門極大：「我女兒在大便，你等一下啊！老伴老伴，妳看，小郭是我幫嵐嵐相看的對象！」

高語嵐全身一顫，差點沒從馬桶上栽下來。

發生什麼事了？什麼對象？

她剛剛這麼大聲喊大便了？是她喊的對不對？然後她那睿智的爹還說我女兒在大便，你等一下什麼的嗎？是嗎？

高語嵐撫額，只覺得頭頂烏雲滿布。

老天爺果然是想讓她在廁所死一死嗎？她還要不要做人啊？

高語嵐躲在廁所裡，大氣都不敢喘，生怕外頭還能聽到廁所裡的什麼動靜。

她家老爸依然精神抖擻地在嚷嚷，但是她聽不到那什麼小郭先生的聲音，高語嵐猜想著是不是老爸喝多了，幻想著帶了一個人回來，事實上根本沒這人？如果真是這樣就太好了！

可這時候她聽到高媽說話了：「不好意思，老頭子喝多了。」

「沒關係，沒關係，我只是送高叔回來，現在他安全到家就好了，那我走了。」這清清朗朗的聲音一出，高語嵐絕望地捂臉，親爹大人居然真的拐了個男人回來。

太丟人了！

走吧走吧，快走吧，此地不宜久留，快撤吧，後會無期！

高語嵐在心裡使勁對那個什麼小郭說。

誰知她爹大嗓門又開始了：「別走！小郭，別走！」

高語嵐真想撓牆。

爹啊，親爹啊，你究竟想幹什麼？給你家閨女留條活路呀！

「小郭，你再等等，大便很快的，見一面再走吧！」

還提大便！高語嵐這下確定了小郭先生不走，她就絕不出廁所的決心。

好在廁所外頭還有高媽是清醒又理智的，她把高爸按在沙發上，塞了杯水給他灌下去了，「你別吵，這麼晚了，讓小郭早點回去休息。」

小郭先生和廁所裡的高小姐同時鬆了一口氣。

小郭箭一般的衝到大門口，在高媽一連串的抱歉聲中，飛快離去。

高語嵐在廁所裡側耳傾聽，聽到關門的聲音，聽到高爸打呼的聲音，再然後，有人敲廁所門，高媽在門外道：「小郭走了，妳安心出來吧！」

高語嵐長長舒了一口氣，太驚險了，這真是一個驚心動魄的如廁歷程。

當晚，高語嵐又失眠了。

她翻來覆去，越想越害怕。她知道老爸老媽是為她好，想幫她找到幸福，可他們越是這樣，她就越是心慌。她雖然口口聲聲說要找男人，可是當年受到的傷害還烙印在心裡，要讓她正經八百去相親，她還是有些心理障礙的。

高語嵐痛定思痛，人果然不能偷懶，要想過自在的日子，還是快振作起來，回去找工作吧。

高語嵐這麼一想，連夜起來收拾行李。

第二天一早，吃過了早飯，高語嵐謊稱接到了一個工作面試的電話，得趕緊趕回去準備準備。高爸高媽當然是依依不捨，想再多留她幾天，高語嵐嚇得連說工作不好找，這個面試很重要云云，夾著尾巴逃了。

高語嵐走後，高爸高媽執手相看淚眼，互相鼓勵：「下次等女兒回來，再接再厲！」

高語嵐回到了住處，決定開展就業自救活動，中飯也沒顧上吃，先開電腦上網投履歷去。打開電子郵箱，居然看到溫莎發來的一封信。信件裡她一句廢話都沒有，只是介紹了一家公司正招人，公司背景實力、招聘的職位和薪水都不錯。雖不如高語嵐原來的公司規模大，但條件確實挺好。

溫莎在信件裡留了一個人的聯絡電話，說已經跟對方打好招呼，只要高語嵐聯絡他，這工作的事就應該沒什麼問題了。

高語嵐把信看完，果斷地點了刪除鍵。她可是有氣節的人，絕不向敵人示弱。

可不示弱她自己也沒找到什麼好的工作機會，把招聘網上所有能投的履歷全投完，高語嵐就只有發呆的份。馬上就五一假期，就業網上新增的職位不多，她也沒有收到任何面試的通知。

惆悵、失落、著急，最重要的是：窮。

高語嵐心裡很不好受。她獨自到外地工作，朋友都是同事，出了這檔事後，她發現她竟然連一個可以談心的人都沒有。說起來，她真是失敗。

就這樣在家無所事事一個多星期，好不容易熬到五一假期後，就業網上終於更新了許多新職位的資訊。高語嵐一口氣又投出多份履歷，從早晨奮戰到中午，終於覺得餓了。一看錶，都一點多了，於是拿了錢包和鑰匙，出門覓食去。

高語嵐社區門口沒什麼好吃的，她走了一條街，在街口看到她上次買醉搶狗的酒吧，不由得撇了撇嘴，這種蠢事她再也不會幹了。

不過話說回來，這酒吧離她家這麼近，她當時搶了饅頭衝上計程車，肯定是被那司機繞遠路坑錢了。高語嵐後知後覺地開始心疼錢包，忍不住又瞪了酒吧的招牌一眼。

再走半條街，前面是家快餐店，量大味美，高語嵐是常客。在她踏進店裡之前，看到店門口站了個五歲左右的小女孩，長得很標致，像洋娃娃。她穿著漂亮的衣服，燙著齊肩小卷髮，頭上戴著美麗的髮箍，整個人乾淨整潔，看來家境該是不錯。

高語嵐左看右看，沒看到她家大人，想了想，還是走進了快餐店。

也許這女孩是在等家長，也許她父母就在附近買東西或是開車去了。快餐店的生意好，這個時間居然還要排隊。高語嵐一邊排著，一邊忍不住又看了那女孩兩眼。女孩忽然轉過頭來舉目四望，望著望著，正好對上了高語嵐的目光。她與高語嵐對視了幾秒，露出一個怯怯的、可愛的微笑來。

高語嵐一向對可愛的事物沒什麼抵抗力，這笑容一下子擊中了她，她也回了一笑。小女孩看了看她，又把頭轉回去，那小小的孤單背影，說不出的可憐。

高語嵐這時聽到服務生叫她點餐的聲音，她應了，點了份套餐。剛要掏錢，卻看見一個穿著土氣的中年婦人在跟那個小女孩說話，聽不清說什麼，卻見小女孩搖頭。那中年婦人繼續說著，還伸手去拉她。小女孩仍是搖頭，退了兩步。

高語嵐察覺到了一絲不對勁，幾個大步衝過去，聽見那婦人使勁拉著小女孩說：「真的，姨幫妳找媽媽……」

「妳打算怎麼幫她找媽媽？」高語嵐不客氣地插話。

那婦人猛地抬頭，高語嵐看她目光不正，夾著一絲慌亂，當下心中更是肯定，她問那小女孩：「妳認識她嗎？」

小女孩搖頭。

那婦人說道：「我看她一個人站在這裡，應該是走失了，所以好心想幫幫她。」

高語嵐點頭，「這樣啊，我也是個好心人，不如一起吧，我們先報警，然後……」她話沒說完，那婦人撒腿就跑了。

高語嵐看著她很快消失不見的背影，咬牙切齒，最恨欺負小孩子小動物的人了！

她低下頭，對上那小女孩黑晶晶亮閃閃的眼睛，問：「小朋友，妳叫什麼名字？」

小女孩想了想，反問：「妳怎麼證明妳跟剛才那個女的不是一夥的？」

高語嵐傻眼，「為什麼會懷疑我跟她一夥？」

「家裡大人都有教啊，這叫集團作案。她自己一人不容易得手，所以擺出一副拐騙小孩子的樣子，然後妳就一副好人樣子出來，然後她走了，我就容易對妳產生信任，就會跟妳走了。」

高語嵐目瞪口呆，這家裡都是什麼大人啊，現在的兒童安全教育都這麼高深了？她一時也不知該怎麼辯解，只能「嗯」了半天，說道：「妳家大人教得好，教得好，妳要多加小心。」

女孩黑亮黑亮的眼睛盯著她看，高語嵐也不知後面該怎麼辦。這會兒要是跟女孩說我帶妳去找警察叔叔，是不是就會讓她覺得自己是個拐騙犯？可是把這小女孩丟在這裡不管也不合適。

高語嵐想了想，還是問：「妳是迷路了，還是跟父母走散了？」

「迷路了跟走散了有什麼區別呢？」脆生生的童音配上無辜又可憐的表情，真是招人心疼。

高語嵐一愣，「迷路就是不知道該怎麼回家，走散就是跟家長失去了聯絡……」是這樣吧，她解釋清楚了嗎？

「那都是找不到爸媽，回不了家，對吧？」

高語嵐呆了呆，她是多管閒事了嗎？這種小孩，會被拐騙才奇怪呢！

她嘆口氣，硬著頭皮繼續問：「妳父母知道妳在這裡等著嗎？一會兒是不是會來接妳？」

如果這孩子聯絡不上家裡，那她就打算報警，讓警察來解決好了。

可這次小女孩點點頭，說道：「媽媽會來接我，我們約好了，如果找不到對方，就找最近的麥當勞或肯德基，這樣目標明顯，而且裡面人多，又是二十四小時營業，比較安全，這樣媽媽就容易找到我了。」

高語嵐再一次覺得這家子大人太有才了，說得真是有道理。這時小女孩突然牽住了高語嵐的手，甜甜的童音說著：「姊姊，我叫妞妞，妳陪我去麥當勞等一等好不好？我媽媽應該就在附近，她一會兒就能找到我了。」

高語嵐握著軟軟的小手，看妞妞仰著小臉，表現出對她的全盤信任，心裡油然生出一股受託付的責任感來。她高興地應了，牽著妞妞過馬路，走進麥當勞靠窗的位置坐好，這樣比較容易讓妞妞看到媽媽，也讓她媽媽容易看到她。

妞妞坐下後，看了看店裡的其他小朋友，看著她們吃著薯條和雞翅，不由得嚥了嚥口水，然後低下頭，抿著嘴，玩自己的手指，顯得孤單又可憐。

高語嵐心一軟，又想著自己還沒吃飯，乾脆就請小朋友吃一頓好了。她跟妞妞說：「我肚子好餓，要去點餐，妞妞陪我去看看，好不好？」

妞妞抬眼，似乎有些小心戒備。

高語嵐對她溫柔地笑笑，「姊姊想吃好多東西，可是又怕點多了吃不完，妞妞幫姊姊吃一點，一起去點餐，好不好？」

妞妞聽了，頓時露出可愛的笑容，跳下了椅子去牽高語嵐的手。

兩個人買了一堆吃的，開開心心地吃了一頓飽餐。

正吃到尾聲，高語嵐忽然看到大門口走進來一個眼熟的人，高高的個子，明亮的眼睛，似乎總是在笑的上彎的嘴角。

高語嵐一口飲料差點嗆著，真是冤家路窄，怎麼會遇到尹則這廝？

尹則顯然也看到了她，他點點頭，朝高語嵐的位置走過來。高語嵐心裡緊張，每次遇到這個男人就沒好事，現在她可是跟一個可愛的小朋友在一起，她可不想在小朋友面前又丟人了。

正琢磨著該怎麼反應，妞妞突然喊了一聲：「舅舅！」那聲音又甜又乖，小臉上也顯出討好諂媚的表情來。

高語嵐一愣，仔細再看，走過來的明明只有尹則，舅舅在哪裡？

還沒等高語嵐反應過來，尹則已經走到了跟前。他低頭看看她倆面前那一片狼藉的餐盤，又轉頭看看妞妞，臉板了起來。

高語嵐看出苗頭，果然妞妞又討好地叫了一聲：「舅舅！」

尹則板著臉說道：「快跟阿姨道歉。」

「道歉？」高語嵐瞬間忘了尹則居然就是舅舅的這件事，忙道：「做什麼要道歉？孩子走丟了，我在路邊撿到她，帶她來等媽媽的，她沒做什麼壞事，你不要這麼凶她！」

尹則看了她幾眼，又轉向妞妞，拖長了聲音喚道：「妞妞……」

妞妞低著頭，從座位跳下來，很小聲地跟高語嵐說了句：「姊姊，對不起。」

好委屈！好可憐！

高語嵐的正義感一下子被激了起來，「你一個大男人，幹麼要凶小孩子？妞妞很乖，在街上差點被壞人拐了，她還記得要去最近的麥當勞等家長來接！你們大人不注意照看孩子，把孩子弄丟了，反過來還責怪她，真是太不應該了，你們怎麼不先反省反省自己？」

妞妞猛地抬頭，眼睛閃閃發亮地看著高語嵐。

高語嵐牽過妞妞，「大人也不能不講道理！」

尹則不插話，只是這麼靜靜地看著高語嵐，看著看著，笑了。

他那種痞痞的壞笑，看在高語嵐眼中甚是刺眼。

笑什麼笑？真討厭！

「為什麼每次遇到妳，妳都要這麼有趣？」

有趣個頭！高語嵐咬牙，提醒著自己不能在小孩子面前失態，要保持風度。

尹則又說：「其實我原本不想說得這麼白，不過妳誤會了我，為了保持我在妳心目中的良好形象，這件事一定要解釋清楚才好。」他說完，轉向妞妞，「小鬼頭，妳自己說，這是怎麼回事。」

妞妞眨巴著眼睛，緊緊靠在高語嵐的身側，抱著她的腿，一臉無辜地說：「舅舅，你要在姊姊面前樹立良好的形象，我也想在姊姊心裡留下美好的印象，況且我是小孩子，心靈純

真又脆弱，你忍心嗎？」

尹則擺出一副認真思索的表情，說道：「要是換了別的純真又脆弱的小孩子，舅舅真是不忍心，可如果是妳的話，舅舅對妳還是很有信心的。」

高語嵐聽著這兩人的對話，覺得不對勁了。

妞妞低著頭，帶著哽咽的聲音說：「舅舅，你把妞妞說得好難過。」

「妞妞，妳這樣，舅舅也好難過。」

一大一小演得投入，表現得一模一樣，高語嵐的腳開始打拍子了。

「妞妞，妳再不跟阿姨說清楚，舅舅以後再不帶妳玩了。」尹則眼看高語嵐的耐心沒多少了，趕緊向妞妞施加壓力。

妞妞抬眼看了看高語嵐，又看了看尹則，撇著嘴好半天，終於磨磨蹭蹭地說：「姊姊，妞妞喜歡妳。」

她的表情又乖又委屈，聲音軟軟的好可愛，高語嵐忍不住摸摸她的小腦袋，回了一句：「姊姊也喜歡妳。」

妞妞賴在高語嵐身上，抱著她撒嬌，又說：「妞妞沒迷路，可以自己回家的。」

高語嵐沒反應過來，應道：「那就好，那妳以後也要小心，不可以一個人在路上瞎逛，

知不知道？要讓家裡知道妳在哪，不能讓爸爸媽媽擔心。」

妞妞用力點頭，很乖地答：「妞妞知道了。」

一大一小的和諧對話結束，妞妞轉頭看了看尹則，尹則板著臉不說話。

高語嵐有些不解，妞妞一臉可憐，於是輪到尹則的腳在打拍子。

「就這樣？」尹則問。

「那還要怎樣？」高語嵐反問。

「我沒問妳，我問她。」尹則用下巴指了指妞妞。

妞妞答：「姊姊以為我找不到回家的路，其實我可以，我不該騙姊姊，剛才都交代了，我還跟姊姊道歉了。」小朋友擺出一副她很配合很乖的樣子來。

高語嵐也趕緊說：「是啊，妞妞不是都承認錯誤了嗎？我不怪她。」

尹則看著這一大一小抱在一起的樣子，忽然又想笑。

他曲起手指彈彈妞妞的小腦門，輕罵了句：「調皮鬼，我會把這事告訴妳媽媽！」

「舅舅，不要！舅舅，我最愛你了！舅舅，你好帥，這麼帥不可以做這麼殘忍的事！」妞妞一聽，趕緊放開高語嵐，撲向尹則，緊緊抱住。

高語嵐見如此情景，剛要開口為她求情，尹則卻對她說：「這個小鬼在店裡吃完午飯之

後說饞麥當勞，我們不肯帶她來，她就生氣偷偷跑了出來。店子離這裡不到三百公尺的距離，她會迷路才怪。她這次短暫的離家出走，就是為了要吃麥當勞而已。」

高語嵐點點頭，「哦」了一聲，心想這孩子為了麥當勞就鬧離家出走，確實太不應該了，是該告訴她媽媽。

尹則看著她的表情，又笑了，「妳還不明白嗎？」

「明白啊，小孩子太任性不好。妞妞，以後不可以為了麥當勞離開大人自己跑，這樣很危險。」高語嵐好心地幫他們教育一下小孩。

尹則哈哈大笑，「妳真是太有趣了！」

高語嵐一板臉，又說她有趣，她到底哪裡有趣？

這男人真是賤兮兮的，還當著孩子面調侃她！

妞妞這時候說：「舅舅，我喜歡這姊姊。」

高語嵐一聽，面露得意，小朋友真是太給她面子了。

尹則看著她又笑，「她跟饅頭一樣，妳有什麼好得意的？」

高語嵐的笑容僵在臉上，尹則又說：「妳為什麼要請她吃麥當勞？」

高語嵐下意識地答：「沒關係嘛，只是買幾塊雞翅和薯條……」她說著，忽然反應過來了，她低頭看了看妞妞。

妞妞露了個大笑臉給她，清清亮亮的童音說道：「謝謝姊姊請我吃！」

高語嵐呆住，想到妞妞在大街上假裝是迷路兒童，想到她說家長要讓她去最近的麥當勞等大人來接，想到她拉著自己的手說「姊姊，妳陪我去麥當勞等媽媽」，想到她在麥當勞裡可憐兮兮地看著別的孩子吃東西，然後自己就很心軟很心疼，還生怕傷了孩子的自尊心，小心哄她，讓她幫忙啃雞翅吃薯條……

現在，這孩子笑得像隻小狐狸。

高語嵐呆若木雞，已然醒悟，她上當了？她居然栽在一個小孩子的手裡？啊，好想抓狂！

偏偏尹則還嫌刺激不夠，湊過來挨在她耳邊小小聲地肯定了她的想法：「這小鬼頭騙了妳，騙完了妳，妳還心疼她是不是？不用太自卑，妳的智商是正常的，妳不是唯一一個被她騙到的受害者，想開點就好，我會教訓她的。」

教訓她？那誰來教訓他？什麼叫她的智商是正常的？

高語嵐瞪著這男人的笑臉，好想找垃圾桶扣他腦袋上。這人說話太討厭了，討厭死了！

妞妞在下面拉尹則的衣襬，「舅舅，你跟姊姊說什麼悄悄話？我也要聽。」

兩個大人同時低頭看向這小鬼頭，妞妞清亮的雙眸裡透著無辜，這讓高語嵐想起了那隻

小狗饅頭。

這一家子，養的寵物把她僅有的三個包子吃了，大的這個裝殘廢嚇唬她取樂，小的這個裝可憐欺騙她感情買吃的……

一家子到底都是些什麼人啊？

高語嵐猛地一把握住了尹則的手，特別誠懇地說道：「尹先生，我拜託你一件事。」

尹則正經嚴肅，「什麼事？」

「你們一家老小，動物和人，看見我就避遠一點吧。」她才是真的純良又脆弱的那個人啊，給條活路吧！

尹則努力控制笑意，輕聲答：「我先把小鬼頭送回去，妳拜託的這事，這麼有深度和複雜性，我們擇日再議。」

高語嵐一瞪眼，還想說什麼，尹則已經一把將妞妞抱了起來，「妞妞，跟阿姨說再見。」

「姊姊再見！」妞妞咧著嘴，向高語嵐舞動著小手。

高語嵐當著孩子面，有什麼話只好都嚥進了肚子裡。她看著這一大一小走了出去，還能聽到妞妞對尹則說：「舅舅，得叫姊姊，不能往老了叫，這是人情世故，你懂不懂……」

高語嵐一屁股坐回座位，撫額無語。連小朋友都這麼特別，這尹則家裡想來沒一個好惹

的，她這麼渣的戰鬥力，還是遠離他們為妙！

高語嵐對自己發誓，以後在路上見著小貓小狗小朋友需要幫助，得先問清楚是不是姓尹的，或者親戚朋友裡有沒有姓尹的。

高語嵐沒精打采地回到家，剛進門，手機響了。她拿出來一看，是條簡訊，號碼她不認識，但一看內容，她知道發簡訊的人是誰了。

那簡訊是這麼寫的：「妳搶了我家的狗，撿了我家的孩子，還打了我，想撇清關係不相見？這樣真不行，明天就在妳家見！」

高語嵐傻眼。

不是吧？鬼子又要進村了？

尹則真會來嗎？

高語嵐冥思苦想，自己究竟為什麼會被這廝纏上？是因為她踢了他兩腳，讓他懷恨在心了？還是她搶了饅頭，讓他沒了面子？還是他被他那個所謂蒙古大夫同學黑了錢，於是遷怒於她？還是說這傢伙骨子裡就有劣根性，看她倒楣他就高興，非要再整整她才甘心？

反正，無論如何，高語嵐覺得這個尹則是真討厭，真是討厭！討厭、討厭啊！

不但討厭，她還有點怕他，每次他一靠近，倒楣事就一件接著一件。現在他說要上門來，

高語嵐緊張得一晚都沒睡好。

第二天一早，高語嵐就在屋子裡轉悠。她下定決心今天絕不能示弱，要給尹則一個教訓，讓他以後再不敢來招惹她。他們要永世不再相見，老死不相往來，這樣才對。

可是，該怎麼教訓他呢？

把他罵走？她應該沒這個本事。裝一桶水一開門就潑走他？想想有點太狠。啊，要不，那包新買的麵粉倒在大盆裡，用麵粉撲走他也不錯！後一想，撲他一身粉，他沒法出門反而賴著不走怎麼辦？

高語嵐把擀麵棍攏了出來，又看了看刀架上的菜刀，四下裡都看了一遍，還是嘆了口氣，她好像使不出這些招啊，這些「兵器」她不敢用，她真是沒用！

高語嵐坐回沙發上嘆氣，乾脆還是用普通級別的招數好了：裝不在，不開門！

高語嵐瞪著門發呆，這個時候又覺得自己有些淒慘。她獨自在外混了三年，竟然連個知心朋友都沒有。每天就是上班下班，宅在家裡，她以為這樣很好，自由自在，沒有煩心事煩心人打擾她，可當她在這裡出了事，卻是孤立無援，沒人陪伴，她才驚覺原來自己的人生真是糟糕。現在老家也不敢回，在這她又沒地方可躲，可要是出去一個人遊蕩一天，也真是夠傻的。

第二章

冤家相見．分外討厭

她怎麼能把自己弄得這麼糟糕呢？三年前被逼離開了家，現在被逼離開了公司，眼下，難道她還要被逼著離開這裡嗎？

高語嵐一邊生氣一邊發愁，忽然手機響了。她嚇了一跳，不會是尹則那個混蛋打來的吧？拿過手機，卻見是個陌生電話，她猶豫了一下，接了起來。

接通後，對方似乎也是猶豫了一下，過一會兒才說：「嵐嵐，是我啊，若雨。」

高語嵐一愣，隨即心裡一陣高興，是她的高中同學兼好友陳若雨。三年前發生了那個「劈腿」事件後，她與老同學老朋友們就都疏遠了，很久沒聯絡，現在忽然來電話，是不是表示前嫌已釋？

高語嵐苦悶的情緒驟然消散了一大半。

陳若雨又說：「我也到A市這裡來了，是高叔叔給我妳的電話，妳什麼時候有空，我們見面聊聊啊！」

「太好了，我今天就有空，今天行不行？」高語嵐高興得差點沒跳起來。

「好啊，我過去找妳吧，妳把地址給我。」

高語嵐飛快報了地址，報完之後猛地一想，不行不行，萬一若雨到了她家，尹則上門來了怎麼辦？她可不想讓若雨知道她有這種尷尬事，還是約在外面的好。

「我家今天不太方便，亂得很，咱們還是約在外頭吧。妳說個地方，我過去。」

「這樣啊，反正我就在附近了，那就約在『書香甜地』好了，是個咖啡館兼書店之類的地方，氣氛很好，很適合聊天，離妳家很近。」陳若雨報出地址，約好半小時之後見。

高語嵐這下子心情好了起來，她的好朋友出現了，她不是孤獨地在外面掙扎。

高語嵐與高采烈去赴約。那個「書香甜地」確實是不遠，離她常去的快餐店只隔了小半條街，其實之前她路過多次，那店名字很特別，所以她印象深刻，只是那店裝修太雅致，看起來不是她能消費的地方，就一直沒進去過。

到了那裡一看，地方不大不小，店的一邊是咖啡吧，賣咖啡茶點飲料和自製糕點，空氣中還能聞到烤箱裡飄散出來的香氣。另一邊布置的雅座，兩面牆上全是書架，擺著滿滿的書，還有許多精緻的工藝品擺件。

陳若雨說的對，這是很有氣氛的地方。

高語嵐一進門，一個溫雅美麗的女人就迎了上來。

她穿著休閒圍著圍裙，很有居家的味道，感覺像是老闆。

「歡迎光臨。」

高語嵐心情好，對這樣的店這樣的老闆很有好感，點頭笑著應了，找了個靠近書架的位

置坐下。老闆娘拿了份飲料單和糕點單過來，問她要用些什麼。高語嵐只說在等朋友，先等一等。老闆娘溫柔笑笑，送上一杯水，又告訴高語嵐，書架上的書隨便看，等人的時候可以解解悶。

高語嵐很高興，覺得自己以前沒來這真是沒眼光。她拿了一本書隨便翻著，店裡很安靜，飄散著食物的香氣。老闆娘很放心地把她放在那，然後自顧自去照看她烤的東西去了。

高語嵐沉浸在這樣的恬靜氣氛裡，剛把書裡的內容看進去，陳若雨到了。

兩個久未相見的老朋友重逢，相當興奮和熱情。高語嵐迫不及待問了離別這幾年陳若雨的狀況，陳若雨也告訴她幾個朋友平常聯絡聊的內容，某某結婚了、某某有寶寶了、某某升官了，某某做小三了……

老闆娘過來給她們添了茶，沒催她們點餐，看她們聊得高興，便留下飲料單又離開了。

這段日子高語嵐倒楣透頂，運氣不好，今天見到了老朋友，覺得一下子振奮了起來。

「我前兩天回家了，本想在家裡多住一段時間，結果我爸我媽太誇張了，各種詭異地安排相親，我就嚇跑了。」

陳若雨的笑容僵了僵，「相親啊，那妳現在還沒有男朋友啊？嵐嵐，對不起，我一直欠妳一個道歉，我相信妳不是那樣的人，我是站在妳這邊的。就是……我那時候膽子太小了，

又自私怕惹麻煩。是我不好，妳原諒我吧。」

高語嵐苦笑，她握緊了杯子，如果當初有朋友站出來這麼大聲說一句，相信她，堅信她是無辜的，那該多好。

「都過去了。」其實又怎麼能怪這些旁觀者呢，有心人做出的戲，她百口莫辯，旁觀者又能怎樣。兩肋插刀這種事，真的不適合這個時代了。

兩個人沉默了一會兒，高語嵐問：「若雨，妳說，為什麼我就這麼倒楣，我是不是看起來是那種很好欺負很好戲弄很容易被冤枉的那種人？」

「怎麼這麼說？妳很好啊，眉清目秀，斯斯文文，大方得體，一看就是良家婦女。」陳若雨大大咧咧地開著玩笑，良家婦女這詞用得讓高語嵐一臉黑線。

長得像良家婦女，就是個被冤枉的命嗎？

高語嵐把自己受的冤枉和委屈全說了，還有她遇上了一個殺千刀的流氓無賴，她問：「我該怎麼辦？我不甘心，可我又做不了什麼。那公司很好，福利也不錯，但我回不去了，公司裡那麼多同事，現在也不知道會把事情傳成什麼樣，我原來累積的那些客戶，也許都聽說了。圈子沒多大，我的名聲毀了。雖然只有一張照片，可我說的沒人信，我覺得現在就算那個溫莎說那人不是我，也不會有人信了。她就是看準了這一點，所以一開始把戲演足了。還有那

個討厭的男人，以後他時不時來騷擾我怎麼辦？我現在住的地方很好，房租不貴，房東也好，我不想為了這樣的人搬家。」

「那就不要搬，嵐嵐，要是再遇上什麼事，妳打電話給我，我一定幫妳的。」陳若雨話說得很仗義，還用力拍胸脯加強效果。

高語嵐噗哧一笑，「難道妳還會打架？」

「要是、要是真的危急，我也是會衝上去的。」陳若雨這話讓高語嵐又笑。別看陳若雨大大咧咧的，說話又大聲，其實她怕血又膽小，以前讀書的時候，路邊的死老鼠就能把她嚇得哇哇叫地往高語嵐身後躲。

兩個人又說了很多以前的事，然後互相勸慰。大家都是到異鄉辛苦奮鬥，在職場裡也吃了不少虧，互相倒倒苦水，倒是找回了以前的感覺。

這時候陳若雨猶豫了一下，咬咬牙，從包裡拿出一份資料來，「嵐嵐，我跟妳說，我現在是理財顧問，天天要跑客戶，累死了，但我們的產品確實是好，我幫助了不少人，現在業務做得還算過得去。我、我就是想問問，妳有沒有朋友需要買理財產品的，可以介紹給我……」

高語嵐傻眼，不是聊得好好的，怎麼轉眼變推銷了？

「若雨，我剛剛失業。」

「我知道，所以是想問問看妳的朋友有沒有需要。理財這種事，不是拿閒錢投資，是用妳的部分收入來規劃妳的人生和未來，是提供保障和福利給妳的。」陳若雨劈里啪啦開始說，把手上那份資料推到高語嵐的面前。高語嵐低頭一看，「保險」兩個字赫然入目。

高語嵐無言以對，她剛剛還以為是銀行理財顧問，原來是保險公司的理財顧問。那陳若雨約她的本意，是賣保險嗎？

高語嵐心裡有些不舒服，陳若雨正流利地描述著這產品怎麼怎麼好，她偷眼看看高語嵐的表情，又說了些買保險的必要性。

高語嵐沒辦法，只能說：「若雨，妳說的這個，確實是不錯，但我現在沒工作，而且又是那樣的狀況，我真的沒有朋友可以介紹給妳買保險的，我有心無力，真是抱歉了。」

「這樣啊，其實還有份便宜的。」陳若雨硬著頭皮又拿出一份資料，「妳看，這一個月不到一千塊，太便宜了，給朋友介紹介紹，說不定人家會有興趣。」

高語嵐愣在那，說不出心裡的滋味。這段日子，為什麼每件事都超出她的意料？她真的不想買保險啊，她也不想跟她認識的人推銷保險，她只想要朋友，她還想有份安穩合適的工作，有個善良體貼的男朋友。她的要求只是這麼一點點，老天爺，你的眼睛長到哪裡去了？

陳若雨還要再說什麼，卻是忽然洩氣，「算了算了，對不起。我……其實我這個月的業績還差一點……我真是不應該，但是產品是真不錯……對不起，真的對不起。」她想想，最後還是閉了嘴。

高語嵐看她那樣，又覺得心裡有些過意不去。

陳若雨很沮喪，「對不起，是我不好，妳可別討厭我，我其實……哎，反正是我不對！」

高語嵐看著她，靈光一閃，「對了，我可以介紹兩個人給妳，他們有錢有閒，而且很需要保障。我把電話給妳，妳努力去談，說不定會成功。」

陳若雨眼睛一亮，腰桿都挺直了，「真的？」

「嗯。」高語嵐點頭，把手機裡的電話號碼調出來，然後拉過陳若雨的筆記本，抄了兩個號碼給她，然後，她指著筆記本上溫莎的名字說：「這個，談著這麼與眾不同的戀愛，生活工作肯定很有壓力，她的生活最需要保險了。還有這個……」她指著尹則的名字，「這人成天好管閒事，惹事生非，也很需要保障。最重要的是，他們兩個很有錢，肯定不是問題，妳加油努力，把他們拿下。」

這兩個惡人，她自己沒辦法報復，讓陳若雨去噴噴他們也好，萬一真噴出錢來，她也算幫了老朋友一把。

陳若雨很高興，喜孜孜地把筆記本收好，「果然夠朋友！嵐嵐，妳這樣幫我，我當然也不能虧了妳！」

「不用，不用！」高語嵐生怕陳若雨又弄出什麼新花樣來，趕緊擺手拒絕。

陳若雨卻像看不到，從包包裡掏出一盒東西，往高語嵐手裡塞，壓低了聲音跟她說：「我除了理財類的保險，還在做另一種保險產品的代理。這種保險，妳一定會需要的，我先送妳一盒試試，免費。等用完了，妳再來找我，我給妳代理價，不賺妳錢，就是用得好了，妳幫忙宣傳宣傳，幫我拉拉生意。」

「什麼東西？」高語嵐心裡疑惑，保險還有盒裝的？不是簽保險單就好了嗎？

她仔細一看那包裝，嚇一大跳，「啊」的一聲叫了出來。

「大驚小怪什麼？保險套也是保險啊，這種保險很必要的！」陳若雨握住高語嵐的手，「這是真正保障愛護我們女人的，老朋友一場，別跟我客氣，沒什麼不好意思的，拿去用，拿去用！」

高語嵐的下巴都快掉下來了，驚訝得不能再驚訝，她真的沒有在客氣啊！有什麼好客氣的？有什麼不好意思的？

要不要這麼亂來啊？真的是見鬼啊！

陳若雨看了看錶，說她得趕緊聯絡客戶，這個月的業績很重，她要努力打拚。

高語嵐見她幹勁十足，也說不出什麼別的來，只得鼓勵了一番。

陳若雨收拾好了東西，握住高語嵐的手，「等我這個月業績達成了，再請妳吃飯。」她揮了揮手，瀟灑告別。

高語嵐笑著與她說再見，看著她的身影消失在店門外，然後整個人洩了氣。

第三章

陰魂不散的尹家人

她坐在原位發呆，覺得腦子裡空空的，一點都不想動，忽然「叮」的一聲脆響，是烤箱設定的時間到了。高語嵐回過神來，看到老闆娘戴上了厚手套，打開了烤箱門，從裡面拿出兩個橢圓形的蛋糕模子來，乳酪蛋糕的香氣瞬間飄滿了整個屋子。

高語嵐猛然醒悟過來，她到了人家的店裡坐了這麼半天，一點東西都沒有點。現在這樣，拍拍屁股走人實在是不太合適。她正想拿飲料單研究一下，看喝點什麼好，這時又聽得大門那「叮鈴」一聲響，高語嵐抬眼一看，進來了一個男人。

這是一個渾身上下充滿了精英味道的男人，高大帥氣，穿著得體，看上去好像穿著一身的名牌貨。他的表情有些嚴肅，走進來，看都沒看高語嵐一眼，徑直向老闆娘走了過去。

高語嵐好奇地看著，俊男美女啊，怎麼她最近總能看到這類畫面？

可是這一對的關係居然也不是看起來的那麼美好，只見老闆娘把手套用力往桌上一丟，大聲道：「我說過這裡不歡迎你！」

那精英男皺著眉頭，「我們需要再談談。」

「你早就失去跟我談的資格了！」老闆娘很不客氣。

「我已經回頭了。」精英男像是在努力克制脾氣。

「那也得我稀罕！」可惜老闆娘不領情。

高語嵐拿著飲料單遮著臉，一邊在心裡反省不應該，一邊看得津津有味。

精英男與老闆娘你來我往爭執了好幾句，高語嵐終於聽出不對勁了。這不是情人鬥氣拌嘴，這是渣男在威脅恐嚇弱女子，因為她聽到了那男人說：「妳到底要我怎麼樣？我的耐心是有限的。我不希望跟妳對簿公堂搶女兒，妳不要逼我。」

「逼你？是你在逼我吧？」老闆娘大聲道：「你要是敢搶我女兒，我就跟你拚命！」

「別幼稚，只要妳和女兒一起回來……」

精英男的話沒說完，老闆娘就大聲罵：「做你的春秋大夢去吧！你現在就滾蛋，我這裡有客人，還得做生意！」

「生意？妳這店一天來不了兩個人，還談得上生意？」精英男口氣不屑，但也掃了一眼店裡，這一轉頭，正好對上高語嵐打探的目光。

高語嵐下意識地縮一縮肩，那精英男惡聲惡氣地說：「這裡不營業了，滾！」

一旁的老闆娘正要開罵，憑什麼趕她的客人，這邊的高語嵐也生氣了，她保持著飲料單擋臉的架勢，細聲細氣地說：「你又不是老闆，憑什麼趕客人？」

精英男碰了個釘子，臉色一黑，「這裡我包下了！」

高語嵐看了眼老闆娘，回道：「我先來的！」

還敢跟他嗆聲？精英男掏出鼓鼓的錢包，拿出厚厚一疊鈔票甩在桌上。

他沒說話，不過意思很明顯了。

老子有錢，老子包場，其餘閒雜人等滾蛋！

高語嵐其實心裡很害怕，這種人財大氣粗，會不會是黑幫什麼的？要不身邊是不是也得有幾個打手？再不然，他自己是不是非常暴力？

高語嵐又看了看老闆娘，她柔柔弱弱的樣子，如果自己走了，她一個弱女子在一個沒人的店裡，會不會被欺負？

老闆娘正好也轉過頭來看她，高語嵐覺得她的眼神裡透著無助。

高語嵐想了想，慢吞吞地從包包裡掏出乾癟癟的錢包，慢吞吞地拿出一張信用卡，輕輕地擺在桌子上。

精英男大怒，他微瞇眼就要朝高語嵐走過來。

高語嵐嚇得一抖，大聲說：「我們預約好了要在這裡辦聚會，我的朋友們馬上就要到了！」

老闆娘也抄起那疊鈔票往精英男手裡一塞，叫道：「你快滾，別拿臭錢髒了我的地方！」

精英男惡狠狠地盯著高語嵐看，高語嵐躲在飲料單後面，只露出一雙眼睛，努力直視

回去。

這時店門又開了，進來一個客人要買蛋糕。

精英男終於抿緊了嘴，轉身離去。

他一走，高語嵐鬆了口氣，直拍胸脯，「太勇敢了！太勇敢了！」

她坐在那慢慢緩口氣，買蛋糕的客人走了，老闆娘走了過來，放了個小盤子在她面前。

高語嵐抬頭一看，驚訝地發現那是一塊乳酪蛋糕，老闆娘說：「我請客。」

高語嵐臉紅了，想起自己在這裡白白坐了好久，趕緊道：「那我點一杯珍珠奶茶好了。」

老闆娘笑笑，「喜歡普洱嗎？用普洱茶配蛋糕最合適。」

「哦哦，那就普洱吧，來一壺普洱。」

老闆娘點頭應了，轉身去吧臺泡茶，她一邊準備茶具，一邊說：「剛才謝謝妳。」

「沒關係。」

「讓妳看到這一幕，真是不好意思。」

「沒關係。」高語嵐不知道該說什麼。

老闆娘轉了話題問：「之前那個是妳朋友？」

「嗯，是我高中同學。」

「她在賣保險嗎？」這家店很安靜，她們說話總會被老闆娘聽到一二。

「對，她在賣保險！」高語嵐下意識地挺胸，回答得中氣十足，語氣裡充滿對朋友的維護。賣保險怎麼了，那也是正當職業，沒偷沒搶的。

老闆娘似乎被她的語氣微微嚇了一跳，回頭看了她一眼，忍不住笑了笑。

高語嵐咬咬唇，意識到自己有些反應過度了，有些尷尬地「嘿嘿」傻笑兩聲，又說了句：「她是我的高中死黨，我們很久沒見了，現在工作混口飯吃不容易。」

老闆娘手中的活不停，卻繼續說：「工作是不容易，不過要求失業的老同學介紹朋友跟她買保險，太不夠意思了吧？」

高語嵐的背脊又挺直了，「她的產品也挺好的，她只是不知道我的狀況，我也沒什麼能介紹的朋友……」

老闆娘還是笑笑。她端了個托盤過來，一整套茶道、茶葉和電子茶爐等等，然後她又拿了一份蛋糕，坐在高語嵐對面，似乎打算邊喝茶邊跟她聊。

高語嵐有些意外，傻傻地看著對方四平八穩坐在自己面前。

老闆娘看著她的表情，忍不住又笑，「妳挺有趣的！」

高語嵐皺起眉頭，她哪裡有趣？

老闆娘看了看擺在桌上的信用卡，又是笑。

高語嵐反應過來，臉一紅，把卡收回錢包裡。

「他脾氣挺糟的，妳剛才怕不怕他打妳？」老闆娘問。

「怕啊！」高語嵐老實答。

老闆娘又笑了，「妳挺有趣的！」

高語嵐一臉黑線，要不要一直強調這個？

老闆娘又說：「他是我女兒的生父，我當年很愛很愛他，我以為他會是我這輩子的歸宿，可當我懷孕之後，他卻對我說他愛的一直是另一個女人，只是那女人喜歡的是別人，他感情受傷，而我正好對他示好，所以他就拿我將就了一下。他說他不愛我，他不會娶我。」

老闆娘平靜地說完，接著喝了口茶。

高語嵐睜圓了眼睛，忍不住罵：「那個王八蛋！後來呢？」

「後來？後來他當然沒娶我，我自己生下孩子自己養，他娶了他喜歡的那個女人。」

「可是就這樣放過他嗎？要告訴那個女人這男人的真面目，不能讓她也被騙了。」

「我當時很傻，我想到的報復方式是，帶著肚子裡的孩子一起死，讓他悔恨終身。」

高語嵐倒吸一口涼氣，老闆娘看著她，又是一笑，「都過去了，我沒死成，我弟弟把我

救回來，罵了我一頓，然後有好幾年沒給我好臉色看。」

「他怎麼這樣？妳都這麼慘了，他應該對妳好一些！」

「不，他對我很好，他只是太生氣了。那傢伙平常嘻皮笑臉的，但生起氣來很可怕。他把我救回來，每天盯著我，怕我再做傻事。我女兒出生後，我無所事事，生活很茫然，他又出資開了這個店給我。我可以一邊照顧女兒，一邊做自己喜歡的事情，看看書，做做烘焙，喝茶聊天，現在我過得很好。」

「那個男人呢？你們難道沒教訓他？」

「教訓了。我弟弟去找了他們，發現那個女人還是對原來喜歡的男人念念不忘，於是他又去找了那人，中間有些事我不太清楚，反正最後那女人把負了我的那個賤男人甩了，跟她原來的意中人走了。」

「太好了，這辦法好，讓他也嘗嘗被人拋棄的滋味！」

「沒錯！」老闆娘說到這裡，精神也來了，顯然也覺得非常解氣，「我跟妳說，我弟弟特別棒。那人渣被甩了之後，我弟弟帶著我和孩子去找他。我弟弟跟那人渣說，他怎麼對我的，就讓他怎麼被別人對待。還有，我和孩子現在怎麼怎麼好，而這些他再也不會得到了，然後他就把那人渣揍了一頓。他又說：『知道以前為什麼不打你嗎？是免得給你機會裝可憐，

博取同情！現在你被甩了，我再揍你，沒人心疼你！』他說完這些，帶著我們母女倆揚長而去。當時那人渣的表情，我看著，心裡頭真是太爽了。」

高語嵐聽得一陣嚮往，「真好，我也好想有這樣的弟弟啊！不過我都是被女人陷害的，不知道弟弟敢不敢動手打女人啊？」

老闆娘被她的語氣逗得哈哈大笑，「妳真是有趣！我從來沒有跟人說過這些，今天不知怎麼了，不過說出來，心裡真是太舒服了！」

高語嵐點點頭，把聲音壓低了：「我告訴妳一件我從來沒有跟別人說過的事。」

老闆娘挑挑眉，好奇地湊近，也壓低聲音：「什麼事？」

「我以前被朋友陷害說我劈腿爬牆，後來陷害我的那個朋友就跟我男朋友在一起了，他們還同居。我實在氣不過，就買了一堆小圖釘，假裝上門嗆聲。我嘴笨，當然說不過他們，但我找了機會，把圖釘全撒在他家的沙發套下面去了。其實，我也不是吃素的。」

她說得認真，語氣故作神祕，雖然報復的手段很像孩子的惡作劇，但她偏偏說得像幹了一件大事，還強調自己不是吃素的，逗得老闆娘哈哈大笑。

兩個女人你一句我一句，聊得無比投機，頗有相逢恨晚之感。

「我叫高語嵐，就住在這附近，妳叫什麼名字？」

「我叫尹寧，妳有空就常來玩，看看書，喝喝茶，打發時間也是好的。我這裡平常沒什麼客人，很安靜。」

「太好了，我今天就在這裡待著行嗎？有個無賴今天要上我家踢館，我正愁沒地方去！」高語嵐很興奮。

「好啊，不過一會兒我得出去一趟，妳自己在這裡行嗎？我應該不會去太久。」尹寧幫高語嵐添了茶，說道：「我女兒太調皮了，昨天非吵著要吃麥當勞，沒答應她她就自己偷偷跑出去，在街上騙了個小姐，讓人家買了餐給她。我弟弟說，今天帶我們去那小姐家裡道歉。」

麥當勞？

騙了個小姐上麥當勞買東西？

高語嵐瞬間石化，好半天找回聲音：「妳……妳姓尹？」

她昨天才下定決心，在街上碰到貓貓狗狗小孩子需要幫助的，一定要先問清楚跟姓尹的有沒有關係，今天就自己踩到人家地盤上了？

不會發生這種「慘絕人寰」的事吧？

「對，我叫尹寧，怎麼了？」高語嵐的表情讓尹寧有些奇怪。

高語嵐張了張嘴，說不出話來。

這時候，店門上的鈴鐺「叮噹」一聲響，門口擠進來一隻棕色的小狗。牠長著兩隻豎耳朵，水汪汪的大眼睛，正一邊舔著嘴，一邊用牠那四條小短腿輕快地朝她們跑過來。

高語嵐一看到這隻狗，心裡絕望了一半。

然後店門又「叮噹」一聲響，一個小女孩甜甜的童音嚷著：「媽媽，媽媽，饅頭壞，牠搶我的香腸吃！」

高語嵐一聽到這聲音，心裡絕望了四分之三。

緊接著，店門鈴鐺又響了，一個很有磁性的男聲傳了過來：「那是妳笨！」

「咚」的一聲，高語嵐猛地趴在桌上捂臉。

神啊，我是得罪你了吧？是吧？

妞妞追在饅頭後面跑進來，沒注意到尹寧對面的高語嵐，倒是看到桌上的乳酪蛋糕。她哇的一聲，撲上來抱著媽媽，嘴裡喊著：「要吃蛋糕，吃蛋糕！」

饅頭一看失了先機，那邊有蛋糕的大腿被人抱了，牠湊不上去，於是轉而撲向高語嵐。這邊也有蛋糕，牠抱住高語嵐的小腿開始蹭，表示牠也要吃。

高語嵐正在愁苦鬱悶，不知該怎麼辦，結果腿上一緊，一低頭，對上了饅頭急切又期盼

的小眼神，真是又萌又鬧心的狗狗啊！

高語嵐看著尹則在吧臺那邊放好了東西走過來，他看到她了，先是驚訝地停下腳步，然後咧著嘴笑，繼續走來。

高語嵐嘆氣，看來她是沒辦法不動聲色地離開了。她把饅頭抱起來，饅頭迫不及待地往蛋糕方向竄，被她按著制住了。她把蛋糕用叉子切了一小塊，用手拿著餵了一塊給饅頭。

饅頭一口吞了，差點沒把高語嵐的手指也吞進去。牠有得吃，變得很乖，坐在高語嵐膝上搖尾巴，大眼忽閃忽閃的，等著她餵下一口。

妞妞一看自己又落後了，哇哇叫：「媽媽，饅頭又吃上了，我也要吃，快餵我！」

尹寧沒辦法，餵了她一口。妞妞吞著蛋糕，這時看清了對面坐著的高語嵐，她立刻露出甜甜的笑，一邊吞蛋糕一邊喊：「姊姊好！」

尹寧摸摸她的小腦袋，對高語嵐說：「這是我女兒，小名妞妞。」又用下巴指了指饅頭說：「這是我弟弟養的狗，叫饅頭。」

「饅頭也是我的狗狗！」妞妞趕緊聲明。

這時尹則走了過來，尹寧又介紹：「這是我弟弟，他叫尹則。」

高語嵐有些尷尬地笑笑，點點頭。

尹寧沒察覺有什麼不對，轉而對尹則說：「東西都準備好了沒？我還做了一個蛋糕，可以一起帶過去。」

尹則一邊看著高語嵐，一邊笑著應：「好啊！」

那笑容讓高語嵐忍不住狠狠瞪他一眼。

妞妞坐在媽媽懷裡大聲對高語嵐說：「姊姊，今天妞妞很早就起來了，舅舅帶我去農場摘了菜，要送給姊姊賠禮道歉！昨天是妞妞不對，姊姊別生氣！」

尹寧驚得嘴張得老大，「什麼？」

高語嵐咧著嘴尷尬地傻笑，「不好意思，我也是剛剛才知道，我就是昨天在路上撿到妞妞，買麥當勞的東西給她吃的那個人。」

妞妞一聽，趕緊糾正：「不對，不對，應該是昨天就知道了，怎麼是剛剛才知道？明明昨天就撿到妞妞帶妞妞去麥當勞吃東西，所以是昨天就知道了，不是剛剛才知道的！」

「啊？」高語嵐被饅頭的小爪子推半天，鬧著要吃，這邊妞妞又說了一堆什麼昨天今天的，高語嵐一邊要抓住饅頭不讓牠趴到桌上搶蛋糕，一邊沒反應過來妞妞的話，下意識接話尾說：「哦哦，對，是昨天，是昨天！」

尹寧一臉驚訝，尹則在一旁捂心口，「好有緣啊，真讓人感動！」

又開始演了！

高語嵐嚇得一鬆手，饅頭一下子跳到桌上，去啃盤子裡的蛋糕。

妞妞不甘示弱，也趴上去飛快地把蛋糕往嘴裡塞。

尹則指著這兩個小傢伙，故作痛心疾首，「妳看看這兩個吃貨，妳撿走就算了，為什麼要還回來？」

高語嵐看到桌上那激烈的慘狀，目瞪口呆，好一會兒反應過來，眨眨眼睛，板著臉答：「不是我還的，兩次都是你要回去的，而且你還裝殘疾，企圖敲詐我支付高額的醫藥費！那次演得比較到位，現在演得太誇張了，不自然！」她斜睨他一眼，努力表達自己的鄙視，「退步了！」

「咦，居然退步了，怎麼會發生這樣的事？」尹則原本還想繼續發揮，可一看桌上那兩隻實在是太不像話了。

尹寧趕緊拿走小茶壺，免得兩隻小的燙到。她喝止了幾句，但拉不住一心要跟蛋糕拚個你死我活的妞妞。尹則一個箭步衝過去，一手拎一個，把兩隻小傢伙從桌子上拎了下來。

妞妞下了地，對著饅頭叫板：「這回你搶不到了吧？搶不到搶不到！」

饅頭看看她，又轉頭看看一片狼藉，但已經沒有了蛋糕的桌面，舔著舌頭，坐在地上，

擺出一副乖萌乖萌的樣子來。

妞妞得意地抬起頭，卻看到在場的三個大人都盯著她看。她觀察了一下形勢，挑了個最安全的人撲了過去，「姊姊，妳快來看妞妞摘給妳的菜，是在舅舅的農場摘的，別處買不到喔！」

小傢伙很狗腿地拖著高語嵐去吧臺那邊，假裝看不見尹寧和尹則的表情。饅頭也很識時務地屁顛屁顛跟在她倆後頭，遠離了那兩個面色不善的主人。

妞妞爬上椅子，指著吧臺上的東西，顯擺著向高語嵐介紹這是小南瓜，那是白蘿蔔，這黃瓜是舅舅把她舉起來她才摘到的云云。高語嵐一邊聽著，一邊偷看尹寧姊弟倆。那兩人一邊收拾桌子，一邊低聲說著話，尹則還往這邊看了一眼。

這一看，正好對上了高語嵐偷窺的目光。

高語嵐嚇一跳，火速轉頭。

過了一會兒，尹則走過來，對妞妞說：「妳媽媽叫妳過去。」

妞妞小臉皺得像包子，小小聲問：「叫我去做什麼？」

「妳過去就知道了。」尹則把她抱下椅子，拍拍她的小屁股，把她往尹寧的方向輕推一下。

妞妞看看媽媽，扭扭捏捏地過去了，才走了一半，突然跑回來，把饅頭抱在懷裡，「饅頭也犯錯了，都怪饅頭，不能我一個人挨罵！」小朋友說完，雄糾糾氣昂昂地強擄著饅頭走了。

高語嵐一直看著她，很好奇尹寧要對小朋友做什麼。

尹則這時候對她說：「哎，妳打算下一步怎麼辦？」

「什麼下一步怎麼辦？」高語嵐正眼都不給他，她還能怎麼辦？當然是繼續找工作，求個溫飽。她一邊想著，一邊還在看妞妞，此時尹寧雙臂抱胸地對妞妞訓話。妞妞抱著狗，低著頭撇著嘴挨罵。

「妳先是搶了我家的狗，然後又撿了我家的小朋友，緊接著現在又收服了我家姊姊，妳下一步，是該對我下手了吧？」

高語嵐傻眼，轉過頭來，看見尹則眨著眼睛，一臉嬌羞期待又害怕的樣子。

「妳打算怎麼對我下手？」

下手？對他？

高語嵐張大了嘴，也眨眨眼，想著人的臉上怎麼能演繹出這麼多樣化和生動的表情來。

「還是妳想著等我對妳下手？」尹則托腮，眼睛閃亮。

「影帝，我錯了！」高語嵐的語氣非常誠懇，「我不該批評你退步了，真的，我說的不對，你大人有大量，別再演了！」

尹則哈哈笑，正要說話，卻聽見妞妞那邊哇哇開始哭：「媽媽，我錯了，我不該沒禮貌趴到桌子上搶蛋糕，我再也不趴桌子了，媽媽，我錯了……」

尹則和高語嵐同時看過去，只見妞妞可憐兮兮地趴在桌上擦眼淚，饅頭也被擺了個趴桌子的姿勢，不明所以地吐著舌頭看著她。

尹寧嚴肅地說：「妳喜歡趴桌子就趴著，這次趴夠了，下回就能記住了！我沒叫妳，就不許下來！」

妞妞一聽，哭得更大聲。

尹寧冷靜地看著，不為所動。

「好可憐……」高語嵐雖然知道尹寧教孩子沒錯，可她一看到小朋友哭就覺得心疼。

尹則卻道：「妳別看她，越看她，她就越愛哭。」

「啊？」高語嵐驚訝。

「不信妳試試。不理她，半秒內她就不哭了。」尹則小小聲說完，轉而大聲對尹寧道：

「姊，我們先去做飯了，妳告訴妞妞，讓她好好受罰。」他裝模作樣收拾好了那些菜，真要

帶著高語嵐離開。

妞妞果然立刻不哭了，大眼睛一個勁兒地往尹則和高語嵐這邊看。

高語嵐嘆氣，「她一定是跟你學的，好好的孩子，就這麼被你教壞了。」

「冤枉啊！」尹則嘻皮笑臉。

高語嵐很無力，她盤算著，她該告辭了，突然額頭上一痛，尹則彈了她一下，「發什麼呆，幫忙拿東西，去做飯吃。」

高語嵐還沒反應過來，手裡已經被塞滿了菜。

「去哪裡？」高語嵐很戒備，絕不能再引狼入室。

「妳那裡？或者我那裡？」尹則壓著聲音說得曖昧，輕柔的語調引人遐想。

高語嵐看著這廝手上拎滿了蘿蔔青菜大蔥黃瓜，還在認真演勾搭女人的花花公子，就很來氣。她想著，用南瓜敲他不算打人吧？沒有給小朋友做不良示範吧？

南瓜最終也沒有敲過去，地方最後選定了尹則那裡。

高語嵐覺得不是自己沒用，而是兩隻手上都拿著東西不好動手，何況另一邊還有位小朋友眼巴巴看著呢。至於去尹則那裡做飯吃，則是由尹寧做主，她一定要請高語嵐吃飯，說是賠禮道歉兼謝謝她，而且她說與高語嵐投緣，現在交個朋友不容易，這頓飯一定要吃，但因

為她這店裡的小廚房不如尹則那邊的工具齊備，所以還是去尹則那裡好。

高語嵐最後還是答應了，一來實在不好推拒，二來有免費午飯吃，不吃白不吃，反正還有尹寧和妞妞在，諒那尹則也不敢敗類得太過分。

於是尹寧解除了妞妞和饅頭的處罰，拿上了她做的蛋糕，準備關店門一起出發。

妞妞過來牽著媽媽的手，高語嵐和尹則抱著一堆菜、肉、水果，剛走到店門口，饅頭從桌子底下鑽出來，嘴裡叼著件東西，屁顛屁顛地跑過來。

「饅頭，你撿到什麼了？」隨著妞妞童聲童氣的一句問話，高語嵐轉頭一看，嚇得一個箭步衝過去，大吼一聲：「饅頭！」

她手上一鬆，蔬果瓜菜砸了饅頭一身。

饅頭無辜地「嗚嗚」叫，被砸得愣頭愣腦，嘴裡叼的東西也不知掉到哪去了。牠低頭在一堆東西裡試圖尋找，高語嵐卻是快手快腳把地上的東西都撿了起來，然後對饅頭說：「不可以亂撿垃圾！」

饅頭在地上看了一圈，確實沒什麼東西可撿了，就無辜抬頭，閃亮的小眼直勾勾看著高語嵐。高語嵐心虛地臉紅，硬著頭皮又說了一句，掩飾尷尬，「走走，跟姊姊走，咱們做好吃的去！」說完也不看大家反應，悶頭往外走。

妞妞過去抱饅頭，訓牠：「饅頭，你又不乖了，打屁屁！」

高語嵐紅著臉出門，聽見妞妞跟尹寧說：「媽媽，饅頭好重，妳幫我抱。」沒過一會兒又說：「媽媽，妳把我也抱上吧。」

高語嵐沒好意思回頭看她們。

尹則抱著一手的東西湊過來說：「哎，妳是饅頭的姊姊啊？我是牠爸！」

高語嵐瞪他，尹則嘻皮笑臉，用肩膀撞撞她，拋了個眼神過來，「原來我們是一家人！」他說完，哈哈大笑，向前走去。

高語嵐咬牙，這次是真的想用南瓜砸他腦袋，可是不行，她手裡還攥著陳若雨熱情贈送的「盒裝保險」，想來是之前混亂搶蛋糕的時候被碰落到地上了，她與尹寧聊得開心，竟然把這玩意兒給忘了，結果被饅頭叼出來，真是囧裡個囧。

幸好尹則這廝沒看見，他沒看見，沒看見！

高語嵐努力把心裡的尷尬壓下去，下定決心找著機會就要把那東西扔了。

一行人，三個大人、一個孩子、一隻狗，很快到達了尹則的地方。高語嵐這才知道，原來尹則開了家餐廳，離「書香甜地」很近，就隔了五個店面。餐廳門面從外面看著不大，沒有醒目的招牌，店名只有很囂張的一個「食」字。

店裡跟店名一樣有個性，空間不大不小，裝修倒是像模像樣，別致典雅，很有品味，但是作為餐廳，太不實用了。

一樓居然沒有餐桌，中間擺了幾張看起來很舒服的沙發、漂亮乾淨的茶几，簡直像樣品屋。沙發後面是一大片展區，有很多華美的展示櫃，櫃子裡擺著各種高級食材和介紹的牌子。

高語嵐這個土包子沒見識過，在那裡看了半天。靠牆的是書架，高語嵐好奇跑過去看了看，上面淨是跟吃食有關的雜誌和書籍，好幾本書的作者大名居然是尹則。她撇撇嘴，心裡暗想，這人看不出來還挺有兩把刷子的。

尹寧告訴高語嵐，這一層是給人訂餐、等人或是聊天用的，樓上才是吃飯的地方。

真是怪人開怪餐廳，高語嵐心想一樓這麼好的地方不用來吃飯，真是太浪費了，可等她上了樓才發現，不止一樓，整個餐廳都是浪費。

二樓和三樓的確是吃飯的地方，可是這麼大的空間，居然只有五張桌子。二樓有三張，三樓有兩張，一張桌子配一個房間。也就是說，這家餐廳只有包廂，一共五間包廂、五張桌子。

包廂都很大，裝修華美，桌子也是那種巧妙設計的，可以展開放大兩圈，還有各種機關，不單不是一般的餐桌，看得出來是特別訂製的。包廂裡還有沙發、茶几、邊櫃和邊桌等等，不單

可以圍桌吃飯，還能弄個小型聚會包場了。而在三樓還有一間超大的開放式華麗廚房，真的是超大且華麗，五星級酒店也不過如此吧？

這店誇張得讓高語嵐咋舌。

豪華裝修的三層樓餐廳只有五張桌子，有沒有搞錯？甚者，現在正是快到中午吃飯的時間，餐廳裡居然沒有人。除了一樓有個服務生顧門，其他地方除了廚房，全沒有人，連燈都不開。

這生意是差到什麼程度啊？

看高語嵐張大嘴，一臉驚訝地左顧右盼，尹則說話了：「別在心裡貶低我啊，別看不起我這食餐廳啊，這裡生意很好，預訂都到三個月之後了。」

「那為什麼沒人？這些人光預訂不來嗎？」高語嵐直覺就是不相信。

「我只做晚上的生意，中午不營業。」尹則老神在在。

「為什麼？」

「累，懶得做。」

「什麼？」高語嵐的音調忍不住提高了，這是什麼老闆啊，拖出去槍斃五分鐘，「這裡的房租水電、員工薪水、裝修、日常維護，靠你一天賣五桌飯，能賺回來嗎？」

「親愛的，妳好關心我！」尹則嘴角彎彎，眼睛眨眨，好嬌羞。

高語嵐嘴角一抽，抿嘴，忍住，努力忍住。

她猛地轉身，不理他了，去跟尹寧聊天會開心一點。

尹則不依不饒地在她身後喊著：「親愛的，我做飯給妳吃啊！再等一等，很快的！」

高語嵐一臉黑線，頭也不回，直奔廚房靠邊的那個桌子，尹寧帶著妞妞在那裡教她摘菜。

高語嵐很快加入她們，尹寧看她悶悶的，不禁笑說：「尹則那傢伙就是喜歡開玩笑，妳別介意！我從小就受不了他，一路把他揍到大，他就是嘴賤！」

「對！對！」高語嵐猛點頭。這男人嘴賤成這樣，稀有得都該歸進國寶級了。應該把他關在動物園裡，讓他天天當眾表演。

妞妞聽到媽媽說舅舅壞話，趕緊跑尹則那邊大聲打小報告：「舅舅，媽媽跟姊姊說你嘴賤，姊姊說對對！」她一邊說，一邊還學高語嵐點頭的樣子。

高語嵐臉紅到耳根，不敢回頭看尹則，偏偏尹則卻說：「那，阿姨有沒有說喜歡舅舅？」

「沒有！」妞妞很認真地答。

高語嵐這下不臉紅了，她黑著臉，轉頭瞪尹則。

尹則哈哈大笑，妞妞不明所以，問：「舅舅，姊姊不喜歡你，你很高興嗎？」

「舅舅傷心死了！」尹則沒個正經，高語嵐忍不住又瞪他，尹寧也瞪他。尹則裝看不見，抱了妞妞說：「妞妞陪舅舅做飯，舅舅做妞妞喜歡吃的菜。」

妞妞點頭，就真留在那邊不過來了。

尹寧轉頭對高語嵐說：「妳看，他雖然不正經，其實還是很體貼的，知道我們聊天，就把孩子留他那裡。他開玩笑沒惡意，妳別生氣。根據我從小到大的經驗，妳越是生氣，他就越是覺得有意思，更沒完沒了。」

高語嵐點頭，兩個人打開話匣子，高語嵐講了許多自己的事，尹寧也說了許多。

「小時候他是個皮蛋，頑劣得讓人想把他丟到外太空去，可等我們都長大了，卻是他一直在照顧我。我媽與我爸離婚，我爸再娶，又生了一個女兒，比尹則小五歲。我爸這人嘛，娶了新老婆，卻還惦記著我媽，總要回來看看。後來，有一次，他開車帶我媽出去散心，結果遇到了車禍，兩人就這麼過世了。那時候我大學沒畢業，尹則也剛上大一。我爸的遺囑是他的財產分兩份，大半留給我們，小半留給另一個女兒。其實他太太很有錢，不缺那一小半，我爸這麼定，是為了防止他太太生了怨恨，扣下他的錢。」

尹寧說到這裡，喝了一口水，又繼續說道：「我媽的薪水低，沒什麼錢，我們平常都是靠我爸每月的贍養費過日子，所以他走了，對我們的生活影響很大。我爸的遺囑雖然顧及了他那邊的家庭，但他並沒有辦法控制他太太對我們的怨恨。她用盡各種辦法扣下了我爸的遺產，我們生活頓時沒了著落，於是尹則就退學，他說我快畢業了，又是女孩子，養家的事就交給他。」

高語嵐聽到這裡，下意識地回頭看了尹則一眼。他此時穿著圍裙，正在做飯，也不知跟妞妞說了什麼，那孩子笑得開心，還很認真地幫他遞這遞那。

尹寧也在看他倆，繼續說：「他沒學歷，找不到什麼好工作，只能去打零工。餐廳洗盤子、超市搬貨，還有各種苦活累活，他都幹，我什麼都幫不了他。其實，我一直幫不上他什麼，我真不是好姊姊。我爸的太太家裡有錢有勢，我們拿到遺產的希望渺茫，但尹則不放棄，他找了律師，磨了五年，最後終於把遺產的事解決了。」

「看你們現在，應該是過得不錯。」

尹寧點頭，「其實我爸能留給我們的也不算太多，尹則拿到了錢，就找地開了個小農場，那是他計畫了好久的事情。他想得永遠比我遠，我還在想沒可能拿到錢的時候，他就已經在盤算要怎麼拿這筆錢創業了。他說不能坐吃山空，必須投資，賺到更多的錢才能過下去。」

高語嵐想了想，有農場，有咖啡店，有餐廳，又出食譜書，這男人還真是挺敢幹的。

「他搞有機農場，地方是早就看好的，他種菜賣菜，開發旅遊，那些白領精英有錢沒處

花，就去體驗一下綠色生活。住兩天，自己摘摘菜、釣釣魚、烤烤肉、看看星星，我也不知道哪裡好玩，反正他那天天客滿。然後他用賺的錢開了這家餐廳。妳別看這裡現在冷清，可真的是生意超好。這店只用自己種的有機菜，其他外購食材也都是頂級品質的，但是沒有食譜，預約的時候客戶隨便點，想吃什麼做什麼。」

尹寧說到這裡，壓低了聲音：「但是價錢好貴，我跟妳說，太黑了，尹則真下得了手抬價。那些人也不知道怎麼想的，在這裡吃一頓的錢，在外頭高檔餐廳能吃好幾頓，偏偏人家就喜歡，說什麼夠特別，有面子。」

「這是消費獵奇心理嘛，大家買的不是飯，是特別。」高語嵐一直是做市場企劃的，聽到這裡也明白過來，暗嘆尹則也太有生意頭腦了。

尹寧嘆氣，「反正我是理解不了，不過我弟弟能賺錢，我也高興，不然我們母女倆真得喝西北風去了。」

「妳沒想過再找個好男人嫁了嗎？」在高語嵐看來，弟弟雖好，可還是得有個老公才行啊。

「我都被男人騙了，怎麼還會想找男人？而且我爸拋棄我媽娶了富家女這種事，我可是親眼看到的，所以我不打算找了，我就帶著妞妞過，男人哪裡有靠得住的？」尹寧好像沒意

識到她剛才誇到天上去的弟弟，其實也在男人之列。

高語嵐托著下巴，「我也被男人拋棄過，不過我心裡還是有陽光的。我覺得，一定還會有很好的男人，只是我還沒有遇到，可是也不知道為什麼，我家裡幫我安排相親，我又覺得很恐怖。」

尹寧學她撐下巴，「那妳心裡的陽光一定是想像出來的。我呢，是連想像都沒有了。」

高語嵐還沒說話，那邊尹則叫了起來：「吃飯了吃飯了！我聽到妳們在說男人，這個話題雖然我也很有興趣，不過肚子餓了，還是先吃飯！」

妞妞跑過來拉人，學著尹則的話說：「這個話題我也很有興趣，不過先吃飯！」

尹則哈哈笑，把她抱到椅子上，「妳才多大，這話題不適合妳。」

尹則一摻和進來，高語嵐立刻覺得心裡想像出來的那縷陽光也快滅了。要是男人都像他似的愛搗亂，那女人的心臟是需要多堅強？不過，他做的這一桌子菜，賣相還真是不賴啊！

高語嵐坐下吃飯，尹則嘻皮笑臉地夾菜給她，她忍不住偷偷瞪他一眼。

無事獻殷勤，是有什麼鬼？

尹則受她這一瞪，挑挑眉，又夾一筷子菜給她。那表情大有越挫越勇之意，妳繼續瞪，我繼續夾。

好女不跟男鬥！

高語嵐在心裡暗哼一聲，決定不理他，低頭吃飯。

第一口滑蛋牛肉吃下去，那好味道讓高語嵐差點沒吞了舌頭。

怎麼這麼好吃？

她往嘴裡又塞了一口，嗯嗯，真的太好吃了！

她忍不住再吃一塊，接著再吃一塊。

剎那間，尹則的形象在高語嵐心裡帥氣了十倍，負分變成正分。

可是，這樣顯得她太沒節操了吧？高語嵐又偷偷瞪了尹則一眼。

這一瞪，發現尹則正在看她，臉上還掛著痞痞的得意微笑，顯然她貪吃的樣子被他看到了。

他又開始戲弄她：「怎麼樣，有沒有覺得妳的胃被我征服了？」

雖然事實確是如此，可是有氣節的人絕不能承認，於是高語嵐努力用誇讚普通廚師的語氣說：「手藝真的不錯。」

「好冷淡啊！」尹則又開始捂心口，「姊，我受傷害了！妞妞，我受傷害了！饅頭，我受傷害了！」

尹寧淡定地繼續吃，饅頭腦袋埋在牠的飯碗裡頭也不抬，只有妞妞也捂心口，「舅舅，你撐著點，妞妞先吃飯！」

「噗……」

這家人的反應讓高語嵐差點沒噴飯，她背轉身，強忍著笑，終於還是被嗆著了，咳了半天停不住，尹則倒了杯水給她，拍拍她的後背，說道：「是有多好笑，妳也太不從容了。」

高語嵐咳得一臉淚，心想是得多從容，才能在這裡好好吃一頓飯？

好不容易咳得差不多，高語嵐正喝水，尹則的電話響了，他去接起，聽了兩句，然後問：「妳是賣保險的？妳從哪拿到我的電話？」

「噗……」

這次高語嵐又沒從容住，造孽啊，幸好她背對餐桌，不然得有多丟人？

陳若雨啊，陳若雨，妳可千萬要撐住，別把我供出來啊！

尹則一邊聽著電話一邊往旁邊走，高語嵐終於咳完，緩了緩氣，聽不清尹則說了什麼，只好小心翼翼看了看他的表情，見他沒什麼異樣，連眼神都沒往她這裡瞥，這應該表示沒什麼問題吧？

這麼一想，她趕緊認真吃飯，這飯菜這麼可口，吃少了可是大虧。萬一一會兒東窗事發，

她這會兒也能吃頓飽飯。

尹則不一會兒坐了回來，像個沒事人一樣照常吃飯，說說笑笑，半點沒提什麼保險的事。高語嵐鬆了口氣，因為心虛，連帶著也不好再給尹則臉色看，他調侃逗她，她也沒反駁，幾個人順順利利和和美美地把這頓飯吃完了。

飯後，餐廳的員工陸續來上班，廚房裡忙碌起來。

高語嵐待了好一會兒，看著他們在華麗的廚房裡忙碌還真是有趣。後來有一位似乎是老顧客的人也跑來了，坐在廚房裡看廚師準備做他家預約的餐，又說今天是請一位貴客吃飯，特意選了這裡。尹則跟他說說笑笑，大方地讓他在廚房裡坐著看他們工作，廚師一邊工作還一邊跟他聊天，氣氛好到不行。

高語嵐心想這家店還真是特別，廚房比她的小套房還大，廚師跟客人像朋友一樣，做菜的過程也讓人看，真是太會招徠生意了。

這天回到家，高語嵐特意上網去查了查。這一查，嚇了她一跳。

原來尹則的餐廳很有名，居然有很多饕客推薦。推薦的理由有菜好吃、很新鮮、想吃什麼都可以點、能吃到一些別的餐廳吃不到的美味，還有環境好、服務好、可以辦聚會、地方夠特別、有新意，也可以當天去農場玩，下午回來在餐廳吃自己摘的菜。另有一條推薦的理

由居然是老闆很帥，很會聊天。

呸，那廝哪裡帥？

好吧，長得是順眼，可他哪裡是會聊天，他明明是品行不正，喜歡調戲女生。

高語嵐一邊在心裡腹誹，一邊認真搜索，仔仔細細把每一條評論都看完了。網路上居然還有一些顧客與尹則的合影，當然是女顧客。高語嵐算了算，誇老闆的百分之九十九是女生，下面回覆說為了老闆也要割血一試這餐廳的，也是女生。

高語嵐在心裡又連呸了尹則三下，這廝是賣吃的，還是賣色的？

高語嵐又看了幾頁，網友們對「食」這家餐廳也是有批評的。

說太貴，搶劫嗎？吃個飯還要提前幾個月預約，故弄玄虛，讓人討厭。還有說這餐廳炒作概念，華而不實，去消費的都是傻子。

高語嵐看完批評，心裡大嘆尹則真是聰明，每一個糟點都是賣點啊！

高語嵐自己做了幾年的市場企劃，也不得不佩服尹則的生意頭腦。這餐廳概念是炒得好，不論是讚揚還是批評，都讓饕客們充滿了好奇。再加上農場和餐廳的連帶營運，互相拉抬，也難怪尹則能創業成功。

看到評論裡還有許多像是從電視節目裡截圖出來的尹則的照片，高語嵐心裡一動，搜了搜尹則的名字，發現這傢伙居然還真可以算是明星了。他的部落格、微博人氣超高，還做了美食節目的評審，出了七八本食譜，甚至有「食」的官方論壇。

成功人士！

這個高語嵐得承認，雖然在她心裡尹則的形象跟這四個字挺難掛勾，誰讓他每次見她都要調戲一下，這種男人只有一個詞可以形容——輕浮。

輕浮的男人是最靠不住的，她還是少接近為妙。

高語嵐下定了決心，尹則卻似乎不打算放過她。

嗯，應該說，他們尹家似乎不打算放過她。

第四章

天雷滾滾的告白

隔了兩天，高語嵐接了個電話，是尹寧打來的，她問高語嵐忙不忙？找到工作沒有？高語嵐很喜歡尹寧，就直說自己還在家閒著呢。於是尹寧邀她去她店裡坐坐，說今天一個客人都沒有，很悶。

高語嵐自己在家待著也很悶，於是就去了。這一去，聊了一下午，高語嵐回到家還意猶未盡，覺得很開心，後來一想，怎麼自己跟姊姊這麼投緣，跟那弟弟就不和呢？不過幸好這樣去店裡坐坐，見不到到那招人嫌的弟弟。

這麼想著還沒過幾天，招人嫌的弟弟就找上門來了。

那天，高語嵐正穿著睡衣，用大髮夾隨意亂夾著頭髮，一副邋遢又頹廢的樣子坐在電腦前寄發履歷信。履歷很快寄完，她無事可做，只好發呆，正在想要不要去找尹寧玩，就聽到有人敲門。

門外，妞妞脆脆的童音喊著：「姊姊，我來了！」

高語嵐嚇一跳，妞妞怎麼會自己來？後來想，肯定是尹寧帶著她。她趕緊跑去開門，門一打開，卻看見尹則抱著妞妞，妞妞抱著饅頭，三個傢伙都在咧著嘴笑。

尹則大踏步走進來，把妞妞放在地上，又變魔術一樣從後肩扯出一個粉色的小包包來，交到妞妞手上。

「我姊今天有事，把妞妞放我那裡，可我也臨時有事要處理，妞妞說想來妳這邊，妳就暫時收留她吧。」

高語嵐傻眼，怎麼她跟尹家的交情這麼快就深厚到可以託孤了？她低頭看看，妞妞和饅頭都睜著水靈靈的大眼睛，很可憐又很可愛地看著她，她完全說不出「不」字。

尹則也似乎沒打算讓她拒絕，他不等高語嵐回覆，就低頭交代妞妞要乖，交代饅頭不許搗亂，然後拔腿就往外走了。

高語嵐一邊腹誹著你當饅頭能聽懂你的話啊，一邊跟在他後面到大門那壓低聲音說：「等一下，你以後不能這樣就把他們送過來，萬一我也有事要忙，不能照顧呢？」

「那妳有事嗎？」

「呃……這次沒有。」

「那不就結了，好好對我們家的兩個寶貝啊！」尹則囑咐的語氣相當大爺。

「我不是說這次，我是說以後。」高語嵐覺得立場是一定要表明。

「以後說以後的，我也很想跟妳討論一下我們的以後，不過我今天真的沒時間。」

呸，又開始不正經！

高語嵐瞪他一眼，「你們什麼時候來接他們？」

「誰先忙完誰就來。」尹則說完，用眼睛從頭到腳把高語嵐掃了一遍，笑了，「妳這樣打扮還真是順眼。」他拋了個媚眼過來，然後吹著口哨走了。

高語嵐低頭一看，猛地反應過來自己還穿著睡衣，頭髮也沒梳……

順眼？順眼他的頭！

高語嵐忿忿地關門進去，看見小朋友已經把包包打開，拿出她的玩具擺了一地，要跟饅頭玩扮家家酒。

饅頭坐在一旁咧著嘴吐著舌頭傻樂，配合度勉強算好。

高語嵐被妞妞拉下來一起，要開餐廳賣飯給饅頭吃。

高語嵐被她的童言童語逗得直笑，很配合地跟她一起演。炒了菜，做了米飯，又看著妞妞把小盤子放到饅頭面前，然後讓饅頭交錢。饅頭低頭聞了聞，把盤子叼了就跑。

「嘖，敢吃霸王餐？回來！」妞妞跳起直追，高語嵐笑倒在地上。

妞妞和饅頭在高語嵐家裡待了一下午，把她家裡鬧了個底朝天。高語嵐從最初的哈哈大笑到勉強微笑，最後一點都笑不出來了。

尹則來接這兩個小寶貝的時候，她幾乎是用看救世主的眼神在看他了。

救世主說辛苦她了，要賞她一頓飯吃。她覺得這頓飯是自己應得的，於是屁顛屁顛地去

了。晚上吃飽喝足回到家裡一盤算，不行不行，這樣好像跟那尹則越來越熟了！不行不行，保持距離為好！

又過了幾天，尹則的電話來了：「嵐嵐，今天我姊帶妞妞去玩了，我脫不開身，妳到餐廳來接一下饅頭。」

高語嵐頓時覺得一口怨氣湧到胸口，她義正辭嚴地拒絕：「尹先生，我也有事要忙，你家的狗在餐廳裡，那麼多員工在，難道就不能照看一下？而且我跟你也沒熟到能幫你照看寵物的程度。」

「妳是在拒絕嗎？」尹則的聲音聽起來不太高興。

高語嵐武裝好自己，大聲說：「沒錯！」

「為什麼？」

「都說了，我們不熟！」

「妳跟我不熟嗎？」尹則開始翻舊帳：「妳當初把饅頭搶回家的時候，妳怎麼不想著跟我不熟啊？」

「那、那是陳年舊事了，我喝醉了，跟熟不熟沒關係！」

「舊事不提，那我們說說新鮮事。妳把我的電話號碼告訴妳朋友，讓她賣保險給我的時

候，妳怎麼不想著跟我不熟啊？」

高語嵐一下子被自己的口水嗆得狂咳，原來陳若雨還是把自己供出來了啊！

「妳咳也沒用，我告訴妳，饅頭病了，妳要是棄牠於不顧，我就要把妳欠我的醫藥費好好算一算，反正證據我都留著呢！如果妳半小時內不到，我就打電話給妳那個賣保險的朋友，把妳搶男人搶到讓男人瘸腿的事都告訴她！」

高語嵐咳不出來了，這廝太無賴了，饅頭到底是誰家的狗啊，她怎麼就棄牠於不顧了？還要算醫藥費？她都沒跟他算詐騙的帳呢！還有還有，什麼叫搶男人搶到讓男人瘸腿，要不要說得這麼噁心？

高語嵐剛要說話，尹則卻是不給機會，他在電話那頭用力「哼」了一聲，大聲說道：「敢跟我不熟，哼，妳試試！」

尹則威脅完，果斷地掛了電話。

高語嵐捧著手機發呆，太亂來了，他真的好過分！

她把手機丟到沙發上生悶氣，可是左思右想，卻又坐不住了。

饅頭真的生病了嗎？要是沒人照顧牠，真的好可憐。尹則的那筆醫藥費超貴，雖然裡面有假，可他手上確實像模像樣地拿著證據，要是他耍橫，真找她麻煩怎麼辦？

還有，她在老朋友的心裡形象已經夠差了，她實在是不想在陳若雨那裡再橫加一筆她搶男人的醜聞。

高語嵐想來想去，還是去了尹則那邊。

一進餐廳大門，就看到饅頭沒精打采，病懨懨地窩在櫃檯旁邊的一個棉布小狗窩裡。

高語嵐心裡頓時一軟，饅頭真的生病了。她快步走過去，心疼地摸了摸饅頭的小腦袋。饅頭看是她來了，嗚咽著低喚兩聲，腦袋往她手心裡蹭。

高語嵐問站在櫃檯旁的服務生：「饅頭是怎麼了？」

那個服務生見過高語嵐幾次，自然是認得她，就答道：「好像是吃壞肚子了。昨天老大有帶牠去看醫生，其實牠已經好多了，昨天才叫一個慘呢！」

「好可憐喔……」高語嵐心疼壞了，饅頭往她懷裡蹭，伸著兩隻前爪撒嬌要抱，她趕緊把牠抱起來哄：「貪吃了是不是？以後長教訓了，不能亂吃東西。」

饅頭把腦袋往她肩上一靠，孩子般的偎在她懷裡。

服務生打了內線到樓上知會，又跟高語嵐說：「老大在幫一個餐廳老闆訂新菜，他一會兒抽個空下來，讓妳等一會兒。」

「好。」高語嵐抱著饅頭坐沙發上，找了本雜誌翻著。

服務生倒了一杯水給她，然後回櫃檯去接電話、回覆網路諮詢和訂單去了。

過了好一會兒，尹則下來了。他穿著廚師的白衣裳，戴著帽子，看起來像模像樣的。

高語嵐沒見過這個樣子的尹則，不禁多看他幾眼。

打石膏坐輪椅、穿西裝打領帶、穿家居服抱著菜，還有套圍裙下廚，現在則是搖身變成大廚裝扮，算起來他的形象還真是多變。高語嵐想著想著，又多看他幾眼。

尹則這次沒跟高語嵐貧嘴開玩笑，他掏出一張卡給她，「這是前面街口寵物醫院的會員卡，饅頭在那裡看病的，今天還得再打一針，妳帶牠去。」

「哦。」高語嵐自然地接了過來。

饅頭看到尹則，一個勁兒地搖尾巴示好，小身子卻還縮在高語嵐懷裡沒蹦出來。

高語嵐心想著，肯定是被罵了。

果然，尹則一指饅頭，「搖尾巴也沒用，我還在生氣！」他板起臉來還真是挺凶的。

高語嵐想起尹寧說尹則因為她自殺的事，幾年沒給她好臉色看，現在真看到他凶巴巴的樣子了，高語嵐心裡真是有些慌，這廝是變色龍啊！

她抱著饅頭起身，「那我們現在去了啊！」還是快完成變色龍先生交代的任務，免得遭殃。

「好，路上小心，把狗鏈繫上，晚上在這裡吃飯。」尹則一連串的吩咐，熟稔得好像高語嵐是他的家人，那語氣讓服務生認真看了高語嵐好幾眼。

高語嵐不覺得有異，答應了。剛要出門，她口袋裡的手機響了。

高語嵐挪了挪手，把電話掏出來接。

「喂，呃……請問是高語嵐高小姐嗎？」對方有些吞吞吐吐。

「是我。」高語嵐覺得這聲音好像在哪裡聽過。

「呃，我是郭秋晨，那什麼，妳父親讓我帶了些東西來給妳，妳看妳這兩天什麼時候方便，我送過去給妳。」

「我父親？」高語嵐心生戒備，她老爸怎麼沒說過要捎東西來給她。

「對，我出差過來，高叔今天一大早說想起有東西要給妳，裝了一個小旅行袋，給了我妳的電話。我後天回去，今明兩天妳看看什麼時候方便，我把東西送去給妳。」

「我爸可沒跟我說過這事。」高語嵐不信，莫名其妙來個陌生人送東西給她，這怎麼聽怎麼不靠譜。

電話那頭那人有些著急，「高小姐，我不是騙子，真的是高叔讓我帶東西給妳的。我們其實在妳家裡見過面，不對，不算見過面，我們聽過彼此的聲音……呃，就是、就是那什麼，

聽過聲音，我真不是騙子……」

高語嵐沒明白他說什麼，她打斷他：「好了，你不用再解釋了，是不是我爸讓你送東西，我打電話給他問一下不就清楚了，什麼聽過聲音的，我不懂你在說什麼。」

那人忙道：「對，對，妳問高叔，我叫郭秋晨。」

「郭秋晨？」高語嵐一邊撥電話給老爸，一邊喃喃念著這名字。她確認自己沒聽過，但為什麼總覺得哪裡怪怪的？

電話接通了，高爸聽了高語嵐的詢問，趕緊道：「對，對，是我讓小郭帶東西給妳！我今天打電話給妳，沒接通，我想著過一會兒再打，結果就忘了！妳趕緊回電話給小郭，別讓人家白跑一趟。人家大老遠的幫忙，真是不容易，妳客氣點啊！來者是客，要是小郭有空，妳帶人家走走，請人家吃個飯什麼的，別讓人家白幫忙……」

高爸絮絮叨叨的還要往下說，高語嵐卻是明白過來了，「爸，你又變著法子介紹對象給我是不是？我不是跟你們說過了嗎，別再搞這樣的事了！」

「我怎麼又了？小郭妳是見過的。」高爸被揭穿，氣勢上矮了半截，可還是努力辯解。

「我哪有見過？」高語嵐確定郭秋晨這個名字她不認識。

「就是那天，我跟小郭他爸喝酒，我喝多了，小郭送我回來。當時妳在廁所，嗯，雖然、

雖然沒有打過照面，但隔著廁所門，也算有過交集……」

「爸！」高語嵐吼了一聲，她就說哪裡不對勁，原來是他！

郭秋晨？小郭？

那個小郭先生！

高爸在電話那頭縮縮脖子，可還嘴硬著說：「所以不是我亂來。小郭是同事的兒子，你們也算見過，相互都有印象。他去妳那邊，我才順便讓他帶些東西。你們可以再見見面嘛，這屬於正常交際。」

高語嵐咬牙，是相互有印象，那印象實在是太深刻了。這輩子，她怕是都忘不掉有個陌生男人被她醉酒的爸劫回家，聽她在廁所裡大叫正在大便。

高語嵐深吸一口氣，對高爸說：「爸，你是有什麼非常重要十萬火急的東西非要讓人家小郭先生跑這一趟？你知不知道這樣很尷尬？」

「嵐嵐啊，我知道妳臉皮薄，肯定會不好意思，所以我都幫妳把路鋪好了。我教妳啊，妳先把人家請到家裡，然後說幾句感謝的話，讓人在家裡坐坐。妳再倒杯茶什麼的，然後聊一聊，問問他家那邊都好吧，妳老爸我看起來怎麼樣啊，精不精神。妳看，這不就聊上了嗎？」

「爸……」高語嵐拖長了聲音，忍不住翻白眼。

可高爸正講到興頭上，沒理她，繼續說：「然後關鍵的一步到了，妳要問他這次出差忙不忙啊。如果他說忙，妳就說忙也得吃飯啊，妳就請他吃頓飯，要是他說不忙，那就更好了，妳就順著說妳要盡盡地主之誼，請他吃飯。」

「總之，你繞來繞去，就是要我跟他吃頓相親飯就對了。」

「沒有沒有，這不叫相親飯，這叫相互了解的第一步。女兒啊，我跟妳說，這吃飯是最能看出品行來的。他有沒有禮貌、素質如何，是不是挑食、搶不搶菜吃、說話談吐什麼的，在飯桌上最能看明白。到結帳的時候，妳看他會不會主動買單，能看出他為人小不小氣，再看飯後會不會主動送妳回家，能看出他人是不是體貼。妳看妳看，這一頓飯的作用多大啊，所以這飯一定要吃，我對小郭有信心，當然了，我對我女兒也很有信心！」

「爸，你別鬧了！」

「對了，吃完飯妳可以跟小郭一起散散步嘛，要是聊得來，感覺路途太短，相處時間不夠，爸教妳，妳還可以帶他再去吃個宵夜什麼的，這樣可以多相處一段時間。」

高語嵐嘆氣，說話都無力了：「爸，吃完晚飯走兩步又去吃宵夜，這是遛豬呢！」

「哎，老爸我可是在傳授經驗給妳！」

第四章
天雷滾滾的告白

「這養豬經驗我還真用不著。你放心吧，我會去接收你託人帶來的行李，但是後面的事你就別瞎操心了。找對象的事，我自己會上心的，你就別管了。」

高語嵐掛斷電話，咬了咬唇，正想著怎麼回話給郭秋晨，不經意一轉頭，看到尹則一臉皮笑肉不笑的表情杵在她身後。

高語嵐嚇得差點跳起來，這人是背後靈嗎？他不是在忙，怎麼還待在這裡？

「找對象啊？相親啊？要見男人啊？」尹則聲音輕柔，可高語嵐不知道自己是不是還沒從剛才的驚嚇裡恢復過來，她總覺得他臉上的笑容很凶狠。

「沒有沒有，是我爸讓同鄉捎了東西過來！」

「沒有就最好了。」尹則那表情讓高語嵐覺得他就差手上握把菜刀，「妳要是去會野男人耽誤了饅頭看病……」尹則拖長了語調，威脅的意圖很明顯。

「哪有耽誤？」高語嵐心虛地一把將饅頭抱了起來，「我現在就去！」

高語嵐一邊朝著寵物醫院前進，一邊在心裡忿忿地想：哼，凶什麼凶，我又不是你家保姆！

高語嵐帶著饅頭到了醫院。醫生認得饅頭，對牠的病也清楚，確認病歷，刷了會員卡，然後就讓饅頭打點滴。饅頭可憐兮兮地一定要高語嵐抱，高語嵐沒辦法，坐在椅子上，抱著饅頭，守著牠打針。這期間她打了電話給郭秋晨，說她現在正帶狗狗看病，稍晚一些再去拿東西。

郭秋晨卻說既然狗狗生病了，那還是他送一趟，反正他開公司車過來的，比較方便。他問了具體地址，說正好他就在附近，乾脆就先來寵物醫院這邊好了，順便可以送她回家。

高語嵐沒好意思說自己是被別人奴役當狗保姆的，於是就答應了，她心想，這小郭先生還真是挺好的。

沒多久，饅頭的點滴打完，似乎精神很多，昂首挺胸地張望四周。

高語嵐拍拍牠的小腦袋，這時電話鈴聲響，郭秋晨說他已經到了寵物醫院門口。

高語嵐牽著饅頭走出來，看到一個長相斯文、白白淨淨的男人在門口站著。他看到她出來，笑了笑，揮揮手打招呼。

兩個人確認了彼此的身分。高語嵐客氣一番，認真道謝。郭秋晨連連擺手，說反正也是順路。兩個人都比較客套，說了些場面話，然後郭秋晨說車子停在前面路邊，高爸給的小旅行袋就在車上，他可以把高語嵐和狗狗都送回去。

高語嵐謝過，剛想說不好意思這麼麻煩他，她帶饅頭散步回去就好。這時低頭一看，自己手上只剩下狗鏈，饅頭居然消失了。

什麼時候發生的？

高語嵐嚇一大跳，背後靈養的狗也有特殊能力？

郭秋晨左右看看，指著前面那棕色小狗問：「是不是那隻？」

高語嵐順著他手指的方向一瞧，只見一隻大狼狗趴在路邊，面前放了一個碗，而饅頭的小腦袋正往人家碗裡伸。

高語嵐驚得魂飛魄散。

剛才那點滴打的是什麼藥？不但讓小狗原地滿血復活，還把膽子壯成了獅子膽。

「饅頭！」高語嵐大叫一聲，猛地衝了過去。

千萬不要啊，不要偷人家的東西吃啊！

饅頭，你乖，你不是吃壞肚子了嗎？怎麼才打了兩針你又不識好歹了？你看看人家的體型，再看看自己的。你倆不是一個級別的，千萬別去吃人家碗裡的東西啊！

可惜饅頭沒聽見高語嵐內心的吶喊。

牠果斷勇猛地從大狗的碗裡叼起一塊狗餅乾。

大狗瞬間站了起來。

饅頭夾著尾巴，叼著狗餅乾轉身就跑。

大狗怒了，汪汪大叫著追了過去。

所有的一切發生得太快，高語嵐嚇得頭皮發麻，饅頭眨眼間已經衝到她的面前。

高語嵐顧不得多想，本能地一把抄起饅頭，撒腿狂奔。一邊跑一邊對著一臉呆滯的郭秋晨喊：「小郭先生，快跑啊！」

任何一個人看到大狼狗汪汪狂叫著朝著自己的方向衝來，都會下意識地逃跑，郭秋晨也不例外。更何況這個時候還有高語嵐的大聲吆喝刺激，於是郭秋晨也沒想這狗是不是要追他，跟著高語嵐一起在大街上疾奔逃命。

兩個人氣喘吁吁地逃到尹則的餐廳，狼狽的樣子把接待處的服務生嚇了一跳，他趕緊通知樓上的尹則。尹則三步併作兩步跑下樓來，看到高語嵐帶狗狗去看病還拐回個男人，真是氣不打一處來。又聽說這兩人是因為饅頭偷吃寵物醫院門口大狗的狗餅乾而被大狗追殺，尹則更是話都不想說了。

他瞪著這兩人一狗半天，最後一指饅頭，「你等我忙完再下來收拾你！」

話雖是對饅頭說的，可高語嵐不知怎地覺得自己有連帶責任，她不敢走。郭秋晨更是不知道發生了什麼事，也沒敢告辭。他看著尹則上樓的背影，小聲問高語嵐：「那是妳男朋友？」

高語嵐搖頭，「不太熟，我跟他姊姊是朋友。」她這話說得極小聲，生怕尹則的耳朵生得不正常，能隔著樓層偷聽到。那傢伙心眼小，還不許人家說跟他不熟，她得防著點。

郭秋晨點點頭，一時無語，拿著服務生倒的茶喝了兩口，然後問：「這狗是誰的？」他看著饅頭一臉無辜地窩在高語嵐懷裡，長得還挺可愛的，不禁伸手摸摸牠的腦袋。

「是他的狗。」高語嵐指指樓上，想想又說：「我就是幫幫他的忙，沒什麼的。」

郭秋晨又點頭，也不知道該說什麼了，兩個人有些悶地坐在那。郭秋晨正在心裡琢磨著該告辭，這時服務生卻送來了點心和飲料，說老大請的，讓他倆再等等。

這下郭秋晨覺得為難了，人家都招呼上了，他沒當面告辭好像不禮貌，可乾坐著跟高語嵐似乎也聊不起來，真是有些尷尬。最後他乾脆就說他先去把車子挪過來，把高爸託付的東西送來。

高語嵐答應了，她也正好鬆口氣，跟這位小郭先生相親未遂卻又再度相見，這真是有些說不出的拘謹。她拿了一本書坐著翻，陪著饅頭。

過了好一會兒，尹則和一個中年男子走下來，兩個人說說笑笑到了大門口。那男子謝過尹則，說事情就這麼定，然後開門走了。

尹則目送對方離去，轉過頭來，看著沙發上的高語嵐和饅頭，臉上的笑容消失了，高語嵐和饅頭不約而同都縮了縮肩。

尹則沒說話，他走過來一把拎起饅頭，走到牆角把饅頭直立放在那裡，兩隻前爪撐在牆上。饅頭想趴下來，又被尹則拎起來，直立地站著。

尹則瞪著牠說道：「你現在厲害了，誰的食物你都敢搶了，是不是？」

饅頭仰著小臉，眨巴著眼睛，無辜地望著他。

「你不用看我，裝可愛也沒用，給我站半小時再說！」尹則說著，盯著饅頭罰站，看了一會兒，突然轉身上樓去了。

他一走，高語嵐火速衝到饅頭身邊，軟語安慰：「饅頭，別怕，再堅持一會兒，半小時很快的……嗯，不用半小時，我一會兒幫你求求情。」

饅頭用極委屈極傷心的小眼神看她，卻是站著不敢動。

高語嵐好心疼，撫著牠的小腦袋，「你乖，再忍一忍啊！」

正說著，尹則下來了。他拿了一個大碗，裡面裝著些狗餅乾，看到高語嵐蹲在饅頭身邊，他也不說話，只悶不吭聲地把大碗放在饅頭旁邊。

高語嵐心裡一喜，對饅頭說：「你看，有餅乾，一會兒罰站完了就可以吃了，饅頭再堅持一會兒啊！」

尹則瞥她一眼，「誰說可以吃？」

「不能吃？」高語嵐一愣。這時看饅頭扭動著小身子，歪著小腦袋盯著餅乾看，剛要動就聽尹則喝了句：「你敢？」

饅頭打了一個激靈，瞬間又站好了。

尹則說道：「少一塊餅乾就多站半小時！」

高語嵐張大嘴，看看尹則，又看看那個碗，然後又看看饅頭。

太狠心了，太殘忍了！

她企圖為饅頭求情，「還是換種溫和一點的教育方式吧，牠又聽不懂，你這樣罰牠就是在浪費感情嘛！」

「沒關係，我感情多。」尹則一句話就把她噎回來。

高語嵐忍著沒翻白眼，心想著他還真是感情多，簡直是過剩！

「那改天再罰吧，牠現在還在生病呢！」

「這都已經敢去大狗嘴裡奪食了，病體康復能力遠超出地球狗狗的水準啊，這是外星狗吧？」尹則擺出一副故作驚訝的痞樣，對上饅頭無辜的小臉，說道：「饅頭，你自己說，你是哪個星球來的？」

饅頭哪裡聽得懂他說的話，牠看了看尹則的臉色，又轉頭看了看碗裡的餅乾，那表情真的是悲苦無依，淒淒慘慘戚戚。

高語嵐心疼極了，她用力瞪尹則，「你不要鬧饅頭了，牠好可憐！」

「牠哪裡可憐？亂吃東西生了病，我伺候牠打針吃藥，還得求爺爺告奶奶拜託個傻子帶牠去醫院！打針要抱著，吃藥要哄著，牠哪裡可憐？」

「你說誰是傻子？」高語嵐沒顧得上別的，這話裡的傻子在罵誰？

「不傻嗎？大狗追小狗就讓牠追去啊，饅頭雖然腿短，難道不比妳跑得快？妳非要逞英雄抱牠幹麼？要不是醫院門口那隻阿福一直是有鏈子栓著的，被咬受傷的就是妳了。」

對哦！高語嵐一想，難怪他們成功逃脫，她一路跑都沒敢往後看，還奇怪怎麼那隻狗跑得這麼慢，原來是有鏈子栓著。

「反正現在大家都沒事，饅頭也知錯了，你就不要再凶牠了。」

「我哪有凶？我明明很溫和地在處理這件事。」

「溫和？這是哪門子溫和啊？你既然知道醫院門口那隻狗叫阿福，一定知道牠長什麼樣吧？是不是很溫和？因為饅頭都敢從牠嘴裡搶吃的，卻不敢在你面前吃自己碗裡的餅乾，所以你想想你自己的嘴臉，跟阿福對比一下。」

「哎喲，厲害了啊，膽大了啊，學會罵人了啊！」尹則雙臂抱胸，嘴角一彎，似笑非笑地盯著高語嵐看。

「我哪有罵人，連外星狗狗都害怕的，也不是地球生物吧？你的飛碟壞了嗎？快回去吧！」高語嵐也學他雙臂抱胸，一本正經地說著。

「飛碟壞了？」尹則笑，「妳真是有趣！」他笑完，面色一整，「妳這在別處總被人欺負的包子，到我這裡倒是威風起來了，伶牙俐齒啊！」

「誰是包子？」

「成天被人欺負，吵架也不會，罵人也沒氣勢，再認真做事也被踢出公司鬧失業的只會逃跑的傻瓜，不是軟包子是什麼？」

高語嵐一呆，被尹則的這話狠狠戳到了痛處。

是啊，她總是很認真，認真生活，結果被朋友背叛；認真談戀愛，結果被男朋友甩了；認真工作，最後卻被當成了犧牲品開除了。遭遇了這麼多，她一點作為都沒有，哪裡傷心她就離開哪裡。

她真是軟包子啊！

可是，不這樣，還能怎樣？

高語嵐被譏諷得無力回嘴，轉身就要走，卻被尹則一把握住手腕，「喂，才幾句就敗了？」

高語嵐被他攔住，不禁好氣。

沒錯，不能敗了！

她甩開尹則的手，回過頭來大聲道：「你別以為我好欺負，你把我當免費保姆使喚，我不跟你計較不是因為怕你！我是好心，見不得妞妞和饅頭沒人照顧，你別以為我這人總倒楣總被陷害就是個包子……就算是包子，呃，包子也是有血性的！」

「包子哪有血性？」

「包子裹著肉，那可不是血淋淋的嗎？」

「血淋淋的內在有什麼好威風的？聽起來還是走淒慘路線。再說了，那也是肉包子。」尹則從上到下，把高語嵐的身材瞄了一遍，笑了笑，「妳頂多是個素餡包子！」

「肉餡素餡，可不是靠嘴說的！」高語嵐假裝聽不懂人家笑話自己的身材，她決定了，從今天起，誰也不能欺負她！

她勇猛地一把將饅頭抱起，大聲對牠說：「饅頭，咱們不理他，不接受體罰，該吃吃，該喝喝，他要是欺負你，不怕，我收留你！」

「怎麼，妳又想搶我的狗了？要不要再踹我兩腳，讓我再去打打石膏坐坐輪椅什麼的？」看她氣鼓鼓地抱著自己的狗，尹則覺得心情很好。

可這一切看在剛進門不久的郭秋晨眼裡，卻是覺得這兩個人吵得很僵。他明明因為怕乾坐著尷尬，故意在外面遛達了很長的時間，抽了兩根菸才進來，沒想到是不用乾坐著了，可是看人吵架更尷尬。

他真後悔走進來啊！

郭秋晨正在猶豫是學那個服務生一樣裝聾裝瞎好，還是上去勸勸架好？想了半天沒想好，忽然有人拉了拉他的衣襬，他低頭一看，是個洋娃娃似的漂亮小女孩。

那女孩對他甜甜一笑，脆生生的童音說道：「叔叔，把你的手機借我用一下可以嗎？」

郭秋晨不知道她什麼時候冒出來的，但這樣一個可愛小朋友的要求，他不好拒絕，於是掏出手機給她了。

妞妞拿了手機，火速撥了電話：「媽媽，快救命，我一進來就看到舅舅跟姊姊吵得好凶，妳快打電話給舅舅！」

郭秋晨心想，這孩子的媽媽可能就是高語嵐說的那個朋友。

小朋友還挺鬼靈精的，知道搬救兵。

「不，妳別過來，妳來了也是羊入虎口！妳就打電話給舅舅，轉移他的注意力，我帶著姊姊逃出去！」

郭秋晨訝然。好吧，小朋友不止知道搬救兵，還知道制定潛逃計畫。

郭秋晨多看了妞妞幾眼，妞妞這時候已經跟尹寧通完電話，她甜甜笑著，很有禮貌地把手機還給了郭秋晨。

緊接著，尹則的手機響了，他掏出來一看，接了起來，「姊，怎麼了？」

妞妞趁著這會兒拚命朝著高語嵐招手。尹則一邊講電話一邊走向櫃檯。

高語嵐明白了妞妞的意思，不忘低頭為饅頭抓了一把狗餅乾，然後從尹則身後跑過去。

妞妞推開大門，帶頭往外衝。

高語嵐壓低嗓音喊：「小郭先生，快跑啊！」

又跑？

郭秋晨一轉頭，看到尹則挑著眉看著他們鬼鬼祟祟的舉動，不及多想，乾脆也跟著跑出去。

妞妞對潛逃行動感到非常興奮，她一邊跑一邊笑一邊高喊：「媽媽，媽媽，救命啊！」

高語嵐抱著饅頭跑在前面，大聲喊：「妞妞，快啊！」

郭秋晨跟在她們身後，思考著一個問題，他為什麼要跟著跑呢？

這次奔跑的距離很短，只有五家店面而已。

尹寧站在「書香甜地」的門口衝他們招手。兩個大人、一個孩子、一隻狗很順利地奔了進來，妞妞一進屋就喊：「媽媽，妳怎麼不聊了？電話掛這麼快！」

「妳舅舅訓我：『都幾歲了，還玩這種把戲，幼稚！』然後就把電話掛了。」尹寧學著尹則的語氣。

「哼，他就會說別人，他自己最幼稚了！」高語嵐埋怨得很大聲。

妞妞跑到門口一看，捂著心口說：「還好還好，舅舅沒追來！」她轉身撲向饅頭，從高語嵐懷裡把饅頭接過來，撫著牠的小腦袋，「饅頭啊，舅舅凶你了對不對？不怕哦，有妞妞在，妞妞和姊姊一起保護你！」

尹寧問：「到底怎麼回事？」高語嵐把手裡的狗餅乾交給妞妞，接著把事情經過說了一遍，又介紹了郭秋晨，說是自己的同鄉。

郭秋晨一聽提到自己，正想客氣地應付兩句，剛要開口，尹寧的電話響了。她接起，應了幾句，對高語嵐說：「尹則說他請吃晚飯。」

「好耶！」

「不要！」

妞妞和高語嵐同時回話。

可是尹寧聳聳肩，對這一大一小做了個很遺憾的表情，「他不是對妳們說的。」她轉向郭秋晨，「真抱歉，今天真是麻煩你了，我弟弟開餐廳的，他說今天真是對你很不好意思，想請你吃晚餐。」

咦？火力怎麼拐著彎射向小郭先生了？

高語嵐看了郭秋晨一眼，很驚訝。

郭秋晨下意識地擺手，「不用了，我就是來送點東西給高小姐，我還有事，正準備告辭。」

「這樣啊。」尹寧對電話那頭的尹則說：「郭先生說要告辭了，還有事忙，不能吃晚飯。」

電話裡尹則說了什麼，尹寧轉而問郭秋晨：「你要忙什麼？」

郭秋晨張大了嘴，這要怎麼說？別說他其實不忙，就算真有事要做，也很難三言兩語說清楚啊！他這麼一愣一呆，尹寧已經幫他在電話裡回覆尹則了：「他答不上來。你管人家忙什麼，人家幹麼要跟你報告，你自己過來說好了……什麼？你也忙，那過不來就別說，我又不是你的傳聲筒……」

高語嵐和郭秋晨互相對視一眼，尷尬地笑笑，最後還是郭秋晨撓撓腦袋，說道：「妳住

得遠嗎？要不要我幫妳把東西送過去，還是在這裡給妳？」

「在這裡給我就好，不好耽誤你太久。你忙你的，真是不好意思，這一趟麻煩你了。」

高語嵐客客氣氣地應話。郭秋晨笑笑點頭，出去把高爸託付的那個小行李袋拿了進來。

他把東西交給高語嵐，又跟尹寧說了些客氣話，準備要告辭。

高語嵐和尹寧正送他到門口，這時門卻被推開，尹則拿了個餐盒走了進來。

「怎麼這麼快就要走了？來來來，再忙也要吃飯，難不成郭先生另外有飯局？」

郭秋晨一愣，下意識說了實話：「沒有。」話一出口有些後悔，又說：「可我……」

尹則沒給他繼續「可是」的機會，他攬過郭秋晨的肩，將他往桌子那邊帶。

「沒飯局就好，我也不算耽誤郭先生。來來，我帶了些小菜，一會兒那邊還會送菜過來，我們先吃著。這馬上也到用餐時間了，不算早。郭先生遠來是客，今天我家狗狗不懂事，真是對不起，讓郭先生看笑話了。請務必讓我請這頓飯，聊表歉意。這事情再多再忙也得吃飯不是？不差這一時半會兒的，等吃了飯再走。」

說話間，尹則已經把郭秋晨在椅子上安頓好，又把餐盒裡的兩碟涼菜拿出來擺上，然後轉頭對尹寧說：「姊，麻煩拿些碗筷來。」

尹則這樣熱情，郭秋晨不好意思說什麼，他急忙求助似的看向高語嵐。

高語嵐心裡一驚，這小郭先生留下了，她就不能丟下他自己走了。她剛要說話，卻被尹則揮揮手趕人，「去去，帶妞妞去洗手。抱了狗的，手沒洗乾淨不給上桌。」然後又對妞妞說：「妞妞，快點哦，有妳喜歡的菜。」

妞妞一聽，把饅頭放進牆角附柵欄的狗窩裡，狗餅乾放牠面前，然後樂顛顛地跑過來牽高語嵐的手，「姊姊，快，洗手吃飯了！」

高語嵐無奈被拖著走，尹寧這時拿來了餐具。看來大勢已去，郭秋晨心裡嘆氣，也就乾脆踏踏實實坐著等吃。而尹則撐著下巴，看了眼高語嵐的背影，笑了笑。

「食」餐廳那邊確實如尹則所說，很快送過來一大桌子菜。尹則很熱情，一個勁兒地招呼郭秋晨吃菜，又引了話題聊了不少。

「我三年前去過你們家鄉，那裡有家很有名的小店，阿福紅燒肉，不知道現在怎麼樣了？」

「哈，你也知道阿福紅燒肉？我們那裡的人都知道那家店，那肉真是好吃得沒話說，現在還在呢！不過最近幾年好餐館越來越多，那店的生意不如從前那麼好了……」提到熟悉的地方，郭秋晨一掃拘謹，跟尹則聊了起來。

「現在你們那裡還流行吃麻辣鍋嗎？我那時天天去石頭巷子吃小吃，街頭那家劉叔麻辣

鍋很好，只是去年聽說那小吃街拆了。」

「是拆了，現在蓋了商場，沒有像以前那樣集中的小吃街了。」

「真是可惜……對了，郭先生在哪裡高就？這次來這裡是公幹？會常來嗎？」

「我是做通信設備的，來總公司做業務彙報，也許過一段時間會調過來……」

這兩人你一言我一語聊得甚是投機。高語嵐一直不說話，但心裡有些著急。她眼看著小郭先生被尹則輕輕巧巧地把老底都套了出來，就連他爸和她爸是好哥們兒，經常一起喝喝酒這樣的事都說了出來。

高語嵐心裡嘆氣，埋頭吃飯，生怕話題轉到她身上來，偏偏尹則就是不放過她。

「按說到了適婚的年紀，伯父阿姨們是該為孩子的婚事著急，你們兩家有這淵源，怎麼沒安排你們相相親？」

高語嵐一口飯差點沒噎住，她偷偷瞄了郭秋晨一眼。

郭秋晨也正有些不好意思地看向她，他不知道該怎麼回答，總不好說兩家老人是這個意思，所以特意讓他來送東西吧？

郭秋晨不說話，高語嵐卻是得表態，她瞪尹則一眼，「關你什麼事？你管這麼寬做什麼？」

尹則捂心口，「我怎麼不管？當然得管，我對妳一見鍾情，再見傾心……」

高語嵐瞬間石化，郭秋晨目瞪口呆，兩個人一模一樣的僵硬表情。

尹則還在賣力表現誠懇：「如果不先問清楚，妳被別人捷足先登搶了，我到哪裡抹眼淚？」

高語嵐不敢去看郭秋晨了，她只覺得火氣騰騰往上冒。她是包子，可她也是會有想打人的時候，只是當著這麼多人的面，她什麼行動都不敢有。

她拿過水杯喝水，裝聾裝傻裝口渴，心裡把尹則罵了一百遍。

尹寧這時幫他們解了圍，她歪著頭認真思索，「說起來，尹則你也三十一了，我這做姊姊的，真的該替你著急一下了。」

「著急什麼？」妞妞問。

「幫妳舅舅討老婆。」

「我啊！」妞妞興奮地舉手，「我報名，我可喜歡舅舅了，我以後要嫁給舅舅的！」

高語嵐忍俊不住地噴笑，卻把自己嗆到了。她一邊咳一邊笑，什麼氣都沒了，妞妞是天使，妞妞快把那妖孽滅了。

郭秋晨遞餐巾紙給她，尹寧替她拍背，妞妞眼巴巴看著她，一副想幫忙的樣子，只有尹

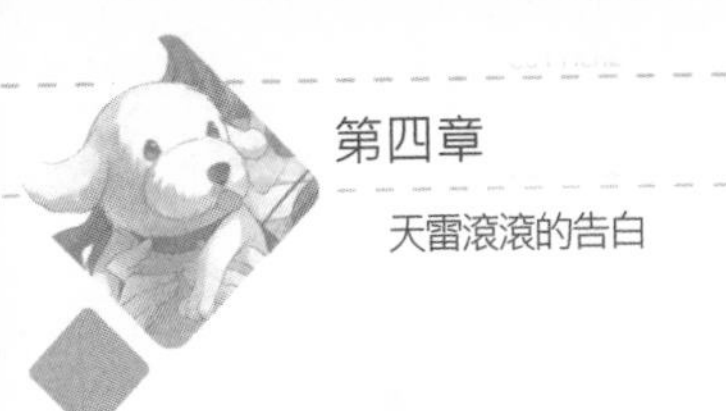

則撐著下巴在她對面笑，「妳看妳，吃飯要從容。我不會這麼輕易就被妞妞小美人拐跑的，妳放心。」

從容個鬼！放心個頭！高語嵐瞪他，這人一天不戲弄她就不舒服是不是？

尹則又笑，「從妞妞相中我這件事來看，其實我真的是挺不錯的男人，所以嵐嵐妳要抓緊時間，趕緊對我下手！機不可失，失不再來！」他說到這，轉向郭秋晨，問他：「是吧，郭先生？」

郭秋晨無言以對，他無論是跟高語嵐還是尹則，都不熟。家裡和高叔的意思他明白，可沒想到過來卻是這樣的情況。這尹則似真似假的話，也不知道到底是不是在開玩笑。他若配合玩笑話說是，對高語嵐很不禮貌，把自己也弄尷尬。他若說不是，又好像破壞氣氛，對尹則不禮貌。最後沒了辦法，他只好裝聾裝傻裝口渴，趕緊拿起杯子使勁喝茶。嘴很忙，沒法說話。

高語嵐又瞪了尹則一眼，這人真是大無賴！

話題繞到這樣敏感的部分就沒法再好好聊了。這頓飯好不容易吃完，郭秋晨趕緊告辭，高語嵐把他送出門，看著他開車離去，才回過頭來，卻見尹則靠著門看著她，見她看過來，還對她笑了笑。

笑什麼笑？討厭！

這天晚上，高語嵐在家裡看電視，突然回想起下午發生的事。她覺得尹則這人當廚師開餐廳真是屈才了，他應該去當演員，代表華人演藝圈衝出亞洲走向世界，拿個奧斯卡金像獎回來。

腦子裡正浮現著尹則帶著妞妞一人拿個大金人，一人拿個小金人，腳邊還站著饅頭的情景，忽然門鈴響了。

高語嵐隔著門問：「誰啊？」

「是我。」居然是尹則。

高語嵐心生戒備，把門開了條縫，小心問道：「你幹麼？」

「我來跟妳道歉。」

「道什麼歉？」

「嗯，就是從一開始騙妳說我坐輪椅，一直到今天下午說話讓妳不高興，所有這些事，想跟妳說聲對不起，希望沒有在妳心裡留下什麼不好的印象。」

突然變得這麼好？高語嵐不信。

「你病了？」高燒燒壞腦子了？中邪了？或者這是另一齣惡作劇？

「妳要相信我，我是很有誠意的。」尹則擺出一副人畜無害的正人君子式微笑以搏取信任。

「誠意在哪裡？」

「我請妳吃宵夜，好不好？」

宵夜？高語嵐一時愣住，這臺詞似乎有些熟悉，在哪裡聽過呢？

「嵐嵐，我真是誠心誠意來的。今天我反省過了，以前對妳是不夠禮貌，所以妳對我有意見，我能理解。我專程過來道歉，我們以後好好相處，希望妳能對我改觀。」

尹則這麼一說，問題似乎很嚴重，高語嵐反而不好意思，「我不是對你有意見，就是……」

尹則眨巴著眼睛，等著她往下說。高語嵐詞窮，想了想，迸出一句：「就是性格不合。」

尹則的笑意一僵，很快重新振作，「哪裡不合？妳認真得太拘謹，我正好跟妳互補。」

高語嵐擺擺手，「不用互補沒關係，反正我們工作和生活都沒什麼交集。既不用做同事，又不用住在一個屋簷下。你不用道歉，這樣好奇怪。」

尹則咳了咳，繼續微笑，「瞧妳說的，哪有這麼生分？大家朋友一場，以後會相互更了解的。我雖然缺點不少，但還是有優點。妳看，我姊和妞妞都很喜歡妳，以後還不是常來常

往嗎？還有，饅頭也很喜歡妳，把妳當半個主人了。妳要是不管牠，牠會傷心的。」

高語嵐腦子裡又閃現出尹則身穿燕尾服手拿小金人榮獲國際級影帝殊榮的畫面，這人你越理他他就越來勁。她抿抿嘴，問：「尹先生真是來道歉的？」

「對。」

「那我接受你的道歉了，晚安。」

高語嵐說完就要關門，尹則卻像是有預知能力一樣的提前把門撐住了，「我做人很失敗是不是？我這麼誠懇，妳卻以為我在開玩笑。」

「尹先生，你的誠懇確實極具隱蔽性。」

尹則皺起眉頭嘆氣，「是有多隱蔽，讓妳這麼歧視它？妳說，要怎麼樣妳才相信？」

「說點真話聽聽。」

「句句屬實啊！」尹則又捂心口。

「為什麼會想著來道歉？」

「大家都是朋友，我當然不能讓妳討厭我。我想讓妳看到我好的一面，我也不是太差勁。」

「你今天為什麼要留小郭先生吃飯，存了什麼壞心眼？」

「哎，我花錢請客，怎麼是壞心眼？我看那郭先生是妳老鄉朋友才幫妳盡盡地主之誼。妳現在沒工作，手頭肯定緊，要是妳來請，怎麼都得花錢，難道妳不會心疼？我開餐廳，請人吃飯那不是順手的事嗎？我一片好心，妳卻把我想得這麼壞！」

高語嵐一噎，於是又問：「那你幹麼這麼不禮貌地問東問西，人家又跟你不熟？」

「知己知彼嘛！」尹則答得有些小聲，高語嵐得仔細聽才能聽清楚。

「知己知彼要幹麼？小郭先生招你惹你了？」

尹則認真看了看她，嘆了口氣，有些悶悶地說：「我沒念過什麼書，學歷才高中，我跟你們這些大學生、社會精英不一樣。你們是白領，坐在氣派的辦公室裡，談的是大專案，寫的是企劃書，郭先生今天說的妳也聽到了，人家是名校畢業，高級工程師，我只是一個拿菜刀的……」他垂下眼，聲音又小了：「妳知道，我沒念成大學……」

難道他自卑了？高語嵐頓時覺得不好意思，她好像戳到人家的痛處了。

「我沒學歷，但也可以做朋友的吧？」尹則垂著眼繼續低聲說。

這時候若說不行，高語嵐還真是做不到。

她安慰道：「你別瞎說，這跟學歷沒關係。你現在事業成功，又把家人照顧得很好，很多高學歷的人都做不到，你不要為這個耿耿於懷。」

「嗯，那我就放心了，所以妳不會再嫌棄我了吧？」

「我從來沒有嫌棄過你這個啊！」

尹則笑了，「太好了，那我們是朋友了。」

高語嵐看著他的笑臉，有些不放心，總覺得哪裡怪怪的，是不是又被他拐了？不行，她還是要說清楚：「那你以後都不騙我，不戲弄我了？」

尹則猶豫了半秒，點頭，「當然。」

「不耍無賴？不演戲？」

「人生如戲，戲如人生，命運對我很無賴，我不回敬它怎麼可以？」尹則念臺詞一樣，聲情並茂，抑揚頓挫，極富感情。

這實在是搞笑，高語嵐很想笑，忍住了，「你家命運對你不好，你不能回敬到我這裡。」

「嵐嵐啊，認真妳就輸了，別人有什麼不好？妳當看戲，自己樂一樂不就行了，幹麼非較勁不開心？妳要學學我，適當釋放情緒，有益身心健康。」

「所以你不是來道歉的，是來練演技的？」高語嵐努力板著臉，她非要贏一局才行。

「不不，我是來道歉的。我們重新認識一下，我叫尹則，今年三十一歲，經營了一家餐廳和農場，偶爾也發發食譜出出書累積點人氣，收入不錯，身上略有金光。嗯，還有一些貸

款沒還清，不過那個不是什麼問題。學歷高中，無父母，有姊姊和外甥女，還養了一條狗，我的家庭負擔就這些。對了，有一棟房子、兩輛車，一輛給公司用，一輛自用。未婚，身強體壯，無不良嗜好，品貌佳。」他繪聲繪色，表情豐富，這一段話抑揚頓挫地說得相當有趣，最後那什麼未婚品貌佳更是加重了語氣，表演到位。

高語嵐咬著下唇努力忍笑，但嘴角還是彎起了弧度。

「說謊！」

「哪有說謊？在下句句真言。」尹則捂心口。

「明明有很嚴重的表演惡習，還騙人說無不良嗜好。」

這話讓尹則樂了，他哈哈大笑，笑完了一整面色，深沉一嘆，「妳真是懂我。」

高語嵐腳開始打拍子，尹則又哈哈笑，「好了好了，不演了！那我們現在算重新認識了，妳要不要也介紹一下自己？」

「不要！」

「好吧，妳不樂意說就算了，反正我也知道。高語嵐，未婚，女性，二十五歲，失業，父母催婚中，無男友。」尹則念叨完，點點頭，「好了，認識完畢，妳有什麼想問我的嗎？」

高語嵐重重點頭，她還真有問題埋在心裡很久了，現在有人送上門讓她問，不問白不問。

「尹先生，請問你那時候為什麼要去找溫莎？你跟她說了什麼？」

尹則一愣，「妳這麼久了才想起要問？」

「你要不要答？剛剛某人才說過不騙人。」

「我就問她，到底發生了什麼事？為什麼要陷害妳？」

高語嵐猛地站直了，「她怎麼說？」

「走，吃宵夜去，我慢慢跟妳說。」

高語嵐皺眉頭，「你又唬我，是不是？」

「不是。答應妳不說謊，妳要問什麼都行，可是站在門口聊天多沒氣氛，難道妳要請我進屋裡？」尹則一邊說一邊裝羞澀，「這大晚上孤男寡女的，多不合適，我會害羞。」

羞你的頭！高語嵐瞪他。

尹則又接著說：「難道妳想左鄰右舍出入的時候看到妳跟一個男人在門口戀戀不捨地聊個沒完？哎呀，我就是那個男人，這樣我也會害羞，所以我們還是一起去吃吃宵夜聊聊天，那樣最合適，妳說對不對？」

他雖說得亂七八糟，但確實有些道理。

高語嵐猶豫，尹則又說：「東西我都準備好了，有妞妞最愛吃的芒果布丁。」

這樣啊，高語嵐想了想，點點頭，拿了鑰匙跟尹則走了。

原以為是去尹寧的店裡，可路過門口看到店裡一片漆黑，已經關門了。

尹則沒有停步，帶著她繼續走，走到了他的餐廳。

第五章

對付渣男，關門放

餐廳的燈光都還亮著，幾位廚師和助手正在廚房做最後的收尾工作，看到尹則上來，趕緊打招呼，說明天的食材都準備好了，東西也收拾了，又報告了幾樣工作上的事。尹則應了，讓他們下班回去休息。

很快，超大明亮的廚房裡只剩下高語嵐和尹則兩個人。

高語嵐左右一看，問：「妞妞呢？」

尹則正在開冰箱門，聞言笑道：「我什麼時候說過妞妞在這裡？」

高語嵐一噎，她是想著尹寧和妞妞都在才來的，不然真的孤男寡女，誰要跟他吃什麼宵夜。

「你明明說……」

尹則回身，拿著手裡的布丁晃了晃，「妞妞最愛吃的芒果布丁。」

高語嵐抿緊嘴，是了，人家是說有妞妞最愛吃的，沒說妞妞在。

高語嵐心裡有些不高興，她怎麼又犯傻了？

「幹麼給我臉色看？妳以為妞妞她們在才來的？」尹則做了個受傷的表情，「這不能賴我，我可沒騙妳說她們在。」

高語嵐撇嘴，接過尹則遞來的布丁和湯匙，狠狠挖了一口送進嘴裡，「怪我自己笨！」

尹則笑著應：「妳是挺笨的！」

「我才不笨，我做的企劃案，是全公司最好的。」高語嵐把自己在工作裡的幾次突出表現說了，好幾個大案子，全是靠她的企劃創意和可執行的完美細節方案一路宰殺競爭對手。她絮絮叨叨地說完，一仰下巴，「我也是很厲害的，只不過……」她頓了頓，又吃了一口布丁。

「只不過什麼？」尹則調了一杯飲料，放在她面前。

高語嵐撇撇嘴，「只不過最後領功的人從來都不是我，為公司賺到大錢的人從來都不是我，受到器重不捨得開除的人，從來都不是我。」她的聲音悶悶的，想起自己的經歷，不禁有幾分難過。

莫名其妙就被陷害被解雇，公司一點解釋的機會都不給她，以往關係不錯的同事也證實了人情淡薄這件事。她投履歷投到現在，完全沒收到一份像樣的面試通知，現在大環境不好，找份好工作多難啊。

高語嵐越想越鬱悶，猛地抬頭，「你說，溫莎都說了什麼？她為什麼要陷害我？」

尹則不著急答，反而靜靜地看了高語嵐一會兒，問道：「妳自己難道沒問過她？」

「當然問了。」

「那她怎麼說的？」

高語嵐張口剛要答，忽又防備地瞥了尹則一眼，「是我問你的，你幹麼套我的話？」

尹則失笑，「我哪有套妳的話？只是妳受了委屈之後就躲起來，不去找她算帳，反而自己生悶氣喝悶酒，妳自己說，妳是不是縮頭烏龜？」

高語嵐咬咬唇，把那件事從頭到尾想了一遍，她確實不夠強勢，在這件事上沒刨根問底，沒追擊堵殺，沒拚死捍衛自己的權益……她覺得她拚不了。

高語嵐有些心虛，囁嚅地說：「我還能怎麼辦？有那照片在，大家都不相信我。你知不知道，有張照片是溫莎跟一個女的在擁吻，那女的背影看起來很像我。那張照片發到公司所有人的電子信箱裡，每個同事都看到了。他們看我都是用那種眼神，那種……我形容不出，但是很讓我難受的眼神。你說，就算我把溫莎揍一頓又能改變什麼？人言可畏，說不定那些人更會想歪了。」

她聲音裡的脆弱讓尹則忍不住摸摸她的頭，「妳太在意別人的看法了。」

高語嵐咬咬唇，她是在意，她很在乎別人看她的眼光，所以當年被人誣陷她劈腿負心，朋友都看不起她，覺得她不專一，很爛又不要臉，她唯一想到能做的就是離開那裡。她獨自到這裡打拚，她對自己說，她一定要風風光光地回去。

後來第一份工作她被上司誣陷，同事的目光又讓她覺得難受，大家覺得她沒本事，是草

包，她想她一定要找到一份更好的工作，更大的公司，讓他們都不能看不起她。

她是如願了。恆遠集團實力雄厚，她的薪水不錯，工作內容也能讓她發揮所長，假以時日，她一定能在業界樹立起好口碑，可是沒想到，卻發生這樣的事……

高語嵐嘆一口氣，沒精打采地趴到桌上，「要是這種事發生在你身上，你能不在意？」

尹則笑笑，又摸摸她的頭，「我在意，可我很久之前就學會了在意也沒用，那些不相關的人，理他們做什麼？」

高語嵐難得看到尹則正經的樣子，不由問：「你也遇到過這樣的事？」

「當然了。」尹則幫高語嵐添了茶，也倒了一杯給自己，拿起來喝了一口。

「像我一樣這麼特別的事？」高語嵐有些不信，她這種倒楣事件應該不具備普遍性才對。

「妳以為妳的多特別？我當然也有經歷過。」尹則拿起水杯又喝一口。

「所以，你被男人強吻了？」

「噗……」尹則火速轉頭，一口水全噴到地上去了。

桌面倖免於難，尹則背轉身狂咳。高語嵐忽然有些高興了，她撐在桌面上，伸手橫過去拍拍尹則的背，拖著聲音學他的語氣：「這位兄弟，怎地這般不從容？」

哈哈哈，小贏一局！

他的窘樣讓她忍不住笑，從容這詞真是太妙了。

尹則咳過了，轉過頭來沒好氣地看她。她笑得眼兒彎彎，臉頰粉紅。他看著，覺得臉皮有些發熱，急忙又乾咳兩聲，擺正了臉色問：「妳被壞男人吻了？」

高語嵐收了笑意，搖頭，剛要說話，手機響了。她低頭一看，是她親愛的老爸。她對尹則打個手勢，把電話接了起來。

「爸。嗯，是啊，東西拿到了。你不是想問我這個對不對？是啊，是跟他一起吃飯了。哦，小郭先生跟他家裡說了啊，說了就說了唄，我們是一起吃飯了。你不要這麼八卦，什麼都沒有發生，我就是謝謝人家了，沒說什麼別的……」

高爸在電話裡絮絮叨叨，說什麼郭秋晨家裡打電話問郭秋晨了，人家說對高語嵐印象挺好的，還一起吃了飯，說感覺很不錯。高爸仔仔細細地說著，恨不得把郭家家長轉述的話一字不漏地全倒出來。

尹則看著高語嵐一時半會兒沒有掛電話的可能，有些心急地用手指輕敲著桌面，這電話也太會挑時機了吧？

高語嵐分心瞧了他一眼，然後對著電話那頭應道：「我感覺怎麼樣？還能怎麼樣？你不要瞎猜，小郭先生是挺好的，可是才見一面，不是你們想的那樣！人家爸爸當然是跟你說好話，難道還能說對我印象不好？好了，好了，你們別亂想，要發展也不是這麼快的……不是不是，我沒有說要跟他發展，我就是說這種事沒那麼快。慢慢來什麼？你們別亂想啊，我沒說看上他了，我剛才那話不是要跟他發展的意思……」

這次尹則不止手指在敲，腳拍子也打上了。

「好了，不跟你們說了，越說越亂，反正不是你們想的那樣……他要調來這邊跟我也沒關係啊，我可沒說過不回去！當年的事我早忘了，不是因為那個啦！要是遇到喜歡的，這裡的人我也不介意，所以什麼？……不不，我沒說因為小郭先生而願意回去，千萬別亂猜！好了，好了，我保證要是有什麼，我一定第一時間報告好不好？你們放過我吧，我都不知道該怎麼跟你們說了……爸，你的邏輯系統 2.0，我的還是 0.2，我們不在一個頻道上，先這樣好不好？下回再聊。」

高語嵐把電話掛了，長長舒了一口氣，「跟父母通電話，是件很可怕的事。」她抬頭看看尹則的臉色，「幹麼板著臉啊？我剛才又不是故意開你玩笑，是你自己說跟我一樣的。」

尹則揉揉臉，緩了表情，「是哪個混蛋欺負妳了？」

「你要幫我報仇嗎？」

「好啊！」

「是溫莎。」高語嵐眼見尹則表情又開始扭曲，忍不住又鬧他：「打算怎麼幫我？以牙還牙吻回去？啊，這樣不知道是吃虧，還是占便宜呢？」

尹則敲她腦袋，「什麼爛建議。」

「對了，你還沒跟我說溫莎跟你說了什麼，差點被你繞掉了！」

身後烤箱「叮」的一聲響，尹則轉身從那裡面取出了一份焗蝦，又從冰箱裡取了事先處理好的蔬菜水果，淋好沙拉醬，放到高語嵐面前。

高語嵐拿起叉子開始吃，不忘催尹則一聲：「快點說！」

「急什麼，我這不是要開始說了嗎？」尹則看她吃得津津有味，滿意地點點頭，拿了另一把叉子，搶了一隻蝦放進嘴裡，嚥了下去，慢條斯理地說：「她說，她是為了保護她愛的人。」

高語嵐吃一口沙拉，說道：「那她怎麼跟我說，她也是被人陷害？」

「也算是吧。」尹則從高語嵐叉子底下搶走一塊哈蜜瓜，看她撇嘴的小表情忍不住哈哈笑，繼續說：「她跟她女朋友的事一直是地下戀情，可紙包不住火，還是被人發現了。發現這事的那人跟溫莎不對盤，想整她，把她逼走，就把照片發出來了。」

「那跟我有什麼關係？」高語嵐一想到自己被無辜牽連就很不高興。

「溫莎女朋友的母親也收到了照片。她女朋友當然是矢口否認，因為她家裡無法接受這種戀情，說如果發生這樣的事就要把她送出國。溫莎她們被逼到這步，沒了辦法，她忽然想到了妳，就說那個背影是妳。事情在你們公司鬧大，她女友就從這事裡脫出身來，而且溫莎也不會被逼走了。」

高語嵐呆了一呆，「我這替罪羊管用？人家媽媽是傻子嗎？自己女兒難道看不出來？」「那個背影不是很模糊嗎？而且妳們倆的事在公司一傳開，像模像樣的，那家長又沒有別的證據，之前也沒發現女兒有什麼異樣，就算有懷疑，也比坐實了這件事強。」

「那她們現在怎麼樣了？」

尹則聳聳肩，「溫莎還在上班，她女友的媽媽在積極幫女兒介紹男朋友，應該是這樣吧？」

高語嵐想了想，「這種情況，以後是沒辦法再在一起了吧？」

尹則搖搖頭，表示不知道。他看了看那焗蝦的空盤子，問：「還要嗎？我還準備了餛飩、流沙包，還有香芋西米露，或者妳還想吃別的？」

「要香芋西米露。」高語嵐老實不客氣地點餐，這個聽起來好像很好吃。

尹則笑笑，轉身去冰箱裡拿來放她面前。他還打開了音響，美妙的音樂頓時充滿了整個

空間。高語嵐驚嘆：「你們這廚房裝備還真齊全，連音響都有。」

「那是。」尹則擺出一副得意的樣子，說道：「這樣我就可以在員工偷懶的時候，放《命運交響曲》給他們聽聽。」

「命運交響曲？」

「對，偷懶就要被開除，開除了就沒薪水領，沒薪水領就要面對慘澹的人生。」

高語嵐哈哈大笑，笑完了忍不住自嘲：「就像我這樣，好慘澹！」

尹則又拿了一盤吃的給她，說道：「妳現在坐在最豪華的廚房裡，享受著頂級大廚親手為妳料理的美食，還有頂級帥哥陪妳聊天，所有的這一切還都是免費的！」尹則說著，捂上了心口，「難道妳沒有感受到從內心深處迸發出來的幸福感？還覺得人生慘澹？哦，看來到了該放《命運交響曲》的時候了！」

高語嵐又被逗得哈哈大笑，她拍他，「不許放那個！」

「一定要放！」尹則逗她，真去擺弄那臺音響去了。音樂換了，不是《命運交響曲》，卻是一首很好聽的歌。

高語嵐撐著下巴笑，看著尹則的背影，忽然問：「尹則，你以前很辛苦吧？」

一個十八九歲的大男生，沒有學歷，沒有錢，要接受父母離世的事實，要照顧姊姊，還

要為了權益與有錢人爭遺產，還得兩手空空去創業，這該是一個很辛苦的過程吧？

不知道是現在兩個人獨處的氣氛不錯，還是因為跟尹則聊了太多沒了心防，高語嵐忽然覺得該客觀些對尹則做評價。其實拋開這傢伙太愛開玩笑、嘴太壞之外，整體來說還是很不錯的。

尹則回到桌前，托腮眨眼，一臉嬌羞，「妳好關心人家！」

又演起來了！

高語嵐一臉黑線，客觀什麼的，還是死一邊去吧，這傢伙就不能讓人認真對待！

「哎，嵐嵐啊，那個小郭先生，跟妳不合適，妳不會喜歡他的！」

這話題轉得快，高語嵐卻是不意外了，跟尹則對話，要從容。

於是她從容地問：「你怎麼知道我不會喜歡他？」

「他抽菸。」

高語嵐眼皮抬了抬，「你知道我不喜歡菸味？」

「我還知道妳喝醉了愛打人。」

說起打人搶狗的糗事，高語嵐當沒聽見，埋頭吃宵夜。

「嵐嵐啊，我不抽菸，也挺耐打的，我的邏輯系統也是0.2的，跟妳同一個頻道。妳看，

這簡直是天作之合，所以，做我的女朋友怎麼樣？」

高語嵐被嗆到，從容這玩意兒瞬間陣亡。

她咳半天咳完了，瞅了尹則一眼，他正一臉期待地看著她。

高語嵐想了很久，回了一個字：「呸！」

「哦，妳又傷害了我！」尹則捂心口。

「你才傷害我呢，你總戲弄我！」要不是知道他本性不壞，又有尹寧、妞妞和饅頭為他做保人，光憑他三番四次的調戲，就有足夠的理由讓她把他列入老死不相往來的黑名單裡。

「戲弄？哦，誤解像把利刃，直直插進心口！」尹則演得很投入。

高語嵐被逗笑，問：「尹則，你為什麼當廚師？難道你不覺得演員這個行業更適合你嗎？做廚師對你來說，真是浪費天賦。」

尹則哈哈笑，然後變回正經樣回答：「因為當初我在飯店當洗碗工的時候，想著不能一輩子洗碗，我得找個出路，所以我經常抽空偷偷看那些廚師們是怎麼做菜的。可是有一次，一個主廚把盤子摔在我面前，罵我洗碗的就是洗碗的，別妄想。」

「什麼？」高語嵐為尹則抱不平：「他太過分了，簡直是狗吠，別理他！」

尹則笑笑，「理他啊，當然要理，人家對我說真心話，我不能辜負。」

「那你罵回去了？」

「沒有，要是罵他打他，我不是連洗碗的工作都沒了嗎？」

「那你怎麼辦？」

「我對他笑！」尹則挑挑眉，一臉頑皮，「我總對他笑，一見他就笑，每次見他都要笑！」

高語嵐噗哧一下也笑了，「然後呢？」

尹則聳聳肩，痞痞地道：「然後有一天他辭職了，去別家餐廳做。聽別人說，我的笑讓他心裡毛毛的，他怕我是變態，為了那事暗地裡對他下毒手。妳知道的，廚房裡最不缺的就是刀子了。」

他的話還沒說完，高語嵐就忍不住哈哈大笑起來。

這人真是太逗了，笑到別人心裡發毛落荒而逃，那是得有多變態？

「哈哈哈……」高語嵐笑得趴在桌上。

尹則抽餐巾紙遞給她擦眼淚，說道：「所以，妳看，對那些不如意，妳要微笑，一邊笑一邊在心裡鄙夷他，堅持微笑，最後妳就贏了！」他頓了一頓，微笑，「我最後拜師學藝，做了廚師，然後又有了自己的事業。」

最後就贏了？高語嵐看著尹則的笑容，忽然明白過來，這個討厭的傢伙，嘻笑搞怪不過

是他面對生活的方式，是他自己的方式。

就如同，她頂著鍋蓋悶頭逃竄的處理方式一樣。

這天晚上，高語嵐與尹則聊了許多許多。她知道了他是怎麼從洗碗工熬過來的，她知道了原來做一名優秀的廚師是多麼不容易，她知道了原來開個農場這麼辛苦，還知道了餐廳裡的客人原來也有難纏的……

他們倆越聊越起勁，音響裡那首好聽的歌一直重複播放著，歌裡唱著「瘋了瘋了，睡不著，我的心撲通地跳」。

高語嵐像是被歌聲洗腦，走回家的這一路，不自覺一直在哼這句。尹則請吃宵夜，卻像是占了被請的人的便宜，他顯得很開心，送高語嵐回家的這一路也一直在笑。

最後兩個人在高語嵐的家門口道別，尹則忽然道：「哎呀，這麼晚了啊，月黑風高，我這樣的花樣男子，走在街上好危險！」

高語嵐一撇嘴，沒好氣地問：「那尹先生打算怎麼辦？」

尹則低頭，裝模作樣，扭捏為難地說：「要不，妳送送我吧？」

「呸！」高語嵐現在已經對影帝的表演相當適應了，「我要是送你回去，我回來的時候，難道不是月黑風高嗎？我也是花樣年華一枝花呢！」

尹則抬頭咧嘴笑，「那我可以再送妳回來。」

高語嵐給他一個白眼，「晚安，尹先生。」

關門、上鎖。

當晚，高語嵐直到上床睡覺了還忍不住一直微笑。她想著尹則說的對，如果遇到了不如意，就該對它微笑，笑到最後的人，才是贏的那個。

而她只會悶頭跑掉，她真笨。

高語嵐沉入夢鄉，腦海裡還迴蕩著那首歌的旋律。

高語嵐一夜好夢，第二天起來，她決定做一件事。工作已經丟了，無可挽回，可是她該向溫莎表明她的態度。這是她該邁出的一步，不能縮頭縮腦，要勇敢面對。

於是，她寫了一封電子郵件給溫莎。

「不論妳是出於什麼原因和理由陷害我，我想告訴妳，我看不起妳這樣的行為。或者妳不在乎我的看不起，但我還是想向妳表達清楚我對妳的想法。己所不欲，勿施於人，妳與那位陷害妳的人又有什麼區別？妳遇到了麻煩，卻用傷害別人的方式來保全自己，或者妳連保全自己都做不到。那陷害妳的人，因為妳陷害了我而放棄再傷害妳了嗎？

其實不用人家來傷害妳，妳連妳的愛人都不敢公開，今天有我這個替死鬼做掩護，以

後呢？

昨天，我學到了一句話，我覺得很有道理。那句話說，面對你的不如意，要微笑。一邊微笑，一邊在心裡鄙夷它。我想了想，事情發生後，我一直沒有面對過妳，我欠妳一個微笑，現在在這裡補上吧。

公司裡，應該大家都還對妳笑吧，他們會對我有異樣的眼光，相信對著妳卻不會，因為妳是公司的紅人，有職位，有老總撐腰。妳看，現實就是這樣殘酷，對公司來說，我遠不及妳重要，這事件裡要犧牲一個，那肯定是我，不管我是多麼認真努力地在工作。

但我想妳應該比我更難受，因為雖然他們還對妳笑，妳卻不知道他們笑容的背後藏著什麼，他們背過身去，會怎麼說妳。妳自己心裡明白，那一定不會是讚揚，畢竟這件事裡，妳也是主角。

也許妳會說妳不屑，也許妳比我灑脫，可人心是一樣的，多看看他們的笑容吧。總之，妳好自為之，多保重。

另外，妳對我說妳覺得抱歉，想介紹工作補償我，我得告訴妳，我無法接受也不會接受。我唯一接受妳道歉的方式，就是妳向大家澄清這件事，揭露事實真相，還我清白。」

高語嵐寫完，把信看了一遍，點了傳送。

她頓覺心中輕鬆無比。雖然她認為溫莎不可能向公司說出真相，但她把心裡話都說了，出了一口氣。她沒打算去糾結溫莎真正的同性愛人是誰，畢竟工作已經沒了，她要做的是好好面對未來，自己過得好才是對這些人最好的回敬。

也許是這種振作精神轉運的方法真的管用，也許事情就真是這麼湊巧，反正第二天，高語嵐就接到了一個面試通知，是一間大公司，職位是市場部企劃經理。高語嵐喜出望外，因為這公司條件很好，而且她投了履歷快一個月了也沒動靜，她還以為沒機會了。

掛了這面試電話沒多久，高語嵐又收到了陳若雨的電話，她要請高語嵐吃飯。

「我這次是要謝謝妳的。上次妳介紹的那個溫莎，她買了我的保險，還介紹了她公司裡面的另外三個同事一起買。妳不知道，我聯絡了她好幾次，她都沒答應，後來有一次我提到妳，她聽說我是妳的老同學，就買了。這全是靠妳的面子啊，我這個月業績完成了，還留了兩個單到下個月，嵐嵐啊，妳是福星，我要請妳吃飯。」

高語嵐一愣，笑了出來，幸好這保單簽得早些，不知道溫莎看完了她的郵件，會不會就後悔買這保險了？

兩週後，陳若雨與高語嵐見面，兩個人又約在尹寧的「書香甜地」，打算先聊聊天，到了飯點再在附近找地方吃飯。

尹寧這回也加入聊天話題，三個半女人圍了一桌，喝茶吃蛋糕。嗯，那半個女人，自然就是妞妞小朋友。

饅頭先生不得上桌，被柵欄圍在角落獨自啃牠的磨牙棒。

大家聊得很開心，陳若雨說了許多她賣保險遇到的人和事。

高語嵐面試通過了初試，心情很好，於是把她面試遇到的問題跟她們分享。

「妳為什麼想來本公司？這種問題還要問嗎？當然是為了薪水啊！」陳若雨對這種問題最是不屑了。

「我跟妳們說，我以前找工作的時候，也遇過這種問題，還有問妳對這職位有什麼看法？妳說能有什麼看法，甭管這職位名字是什麼，還不是老闆讓我幹什麼活，我就幹什麼活嗎？薪水高一點，別沒事就加班，看法就會好一點。唉，所以我最後還是去賣保險，雖然看人家臉色，不過勝在自由些。」

尹寧對工作的話題沒興趣，她沒工作過，大學畢業沒多久發生那件不堪回首的爛事，然後她稀裡糊塗的就當上了老闆娘，不用看人家臉色，也不用管收入，所有的一切都是尹則幫她搞定的。她托腮想半天，她真是對家裡一點貢獻都沒有。

所以，她怎麼都該幫尹則一把，可是該做什麼好呢？

尹寧看看高語嵐，尹則總是時不時就提到她，而且見面逗她的那些玩笑話也跟別人不一樣。他雖然總是嘻皮笑臉，但不會這樣調戲女生，難道，那些不是玩笑話？

尹寧決定先打探打探。

「嵐嵐，妳工作的事差不多有著落了，就該趕緊落實愛情的問題了吧？妳跟我說說，喜歡什麼類型的？」

高語嵐還沒說話，妞妞就開口了：「媽媽，我喜歡舅舅那樣的！」

幾個大人笑起來，陳若雨舉手問：「尹寧姊，妳的店還兼紅娘業務嗎？我報個名，我也要找對象。」

尹寧心想，我弟弟只有一個，但嘴上還是問了：「想找個什麼樣的？」

「嗯，工作穩定，身體健康，順眼的，會對我好的。」尹寧剛要說那要求不算高，陳若雨卻接著道：「要是有房子就更好了，如果還有車，就更完美了。當然婆婆最好能和藹可親，還有別干擾我的工作，我還是很想幹出一番事業來的。」

高語嵐和尹寧看著她，妞妞也眨巴著眼睛看著她，陳若雨嘿嘿一笑，「我說的是更好、最好，其實要求沒那麼高，我很務實的，很務實的，基本好就行。」

妞妞認真說：「我舅舅很帥，對人也很好，還有房有車，不過舅舅是我的，不能讓給妳。」

尹寧敲敲妞妞的小腦袋，「小鬼頭，妳舅舅要是娶不到老婆，可要找妳算帳了。」

「舅舅有我了，不需要別的老婆。」妞妞的一番話說得童聲童氣，煞是可愛，把幾個大人逗得哈哈笑。

尹寧正要向高語嵐繼續套話，高語嵐的電話卻響了。她拿起一看，是郭秋晨。

「小郭先生，你好。啊？真是不好意思，我爸怎麼又這樣，我一定好好說說他……沒沒，這樣太麻煩你了，我現在在上次吃飯的那個書香甜地……嗯，好吧好吧，真是不好意思，真的真的，太不好意思了……好的，那我等你過來。」

剛掛電話，陳若雨就趕緊問：「怎麼回事？」

高語嵐撇嘴抱怨：「我爸啦，一直要幫我相親，他同事的孩子，就是這個小郭先生，調來這裡了，他就藉口讓人家幫忙從家裡捎東西給我，這樣真是太糗了！」

「哇，妳爸好貼心喔！我爸從來都是說，妳要自己努力啊，快帶個男朋友回來！」陳若雨學著陳爸的語氣。

高語嵐被她逗笑。尹寧心裡有些著急，人家家長有相中的女婿了，那她家尹則怎麼辦啊？

沒多久，郭秋晨到了，這次高爸託他帶的是個小背袋。

郭秋晨熟門熟路，拿了袋子就進了書香甜地。

大家見了面，照例客氣一番。陳若雨好奇地盯著郭秋晨看，弄得他有些不好意思。高語嵐為他們互相介紹，都是同鄉，於是很快就聊開了。聊了幾句，發現彼此拐著彎還是有共同的朋友，就更好說話了。

這個時候已是中午用餐時間，尹則不在，沒人管飯，於是這幾個人商量到附近餐廳吃飯。

「麥當勞！」妞妞小朋友首先發表了意見。

「不行！」尹寧回絕得很乾脆。

妞妞撇嘴，「太不尊重小朋友了，這樣不利於我們兒童的身心健康發展。」

郭秋晨忍不住笑，沒見過這麼有趣的小鬼頭，不禁問：「這些詞都在哪學的？」

妞妞抬頭看他，「看電視啊！」

幾個人邊說邊出了門，尹寧背好包包，鎖店門，剛走幾步，聽見陳若雨對高語嵐說：「快看快看，那個男人好帥！」

尹寧一抬頭，僵住了。高語嵐也看過去，一個高大帥氣的男人站在一輛黑色轎車前，正是上次在店裡跟尹寧吵架的精英男。

尹寧皺起眉頭，拉著妞妞就要快走離開，可那男人幾個箭步衝過來，擋在她的身前，然後還低頭看了看妞妞。

妞妞嚇得往尹寧身後躲。尹寧咬牙，強忍怒火，當著孩子的面，她不想把事情鬧開了，只得說道：「別擋路！」

那男人把目光從妞妞身上轉向尹寧，「我送妳的東西全退回，電話妳也不肯接，妳到底是想要怎樣？」

「想你離我們母女倆遠一點！」尹寧咬牙。

精英男臉色很不好看，「我不會放棄的，女兒我也有份，真要鬥起來，妳未必留得住她。」

「隨你怎麼說，我也不怕你，尹則揍你揍得不夠是不是？」尹寧把手伸進包包，那裡有尹則買給她的防狼噴霧劑。

兩個人對峙的氣氛很火爆，柔弱的女子和粉嫩小女孩站在高大的男人面前，顯得分外可憐。郭秋晨身為這邊唯一的男性，忍不住站出來護在尹寧身前，「這位先生，有話好好說。」

尹寧拉拉郭秋晨的衣角，「別理他，我們走吧。」

這話這姿態，讓精英男火冒三丈。

郭秋晨彎了腰抱起害怕的妞妞，跟著尹寧往前走，高語嵐和陳若雨跟在後面。大家沒人理會他，這讓精英男更是氣。

眼見尹寧與郭秋晨站得近，精英男終於控制不了脾氣，他猛地衝了過來，對著郭秋晨的

臉就是一拳，嘴裡罵道：「想搶我的女人和女兒，你也不照照鏡子？」

事發突然，幾個女人放聲尖叫。

郭秋晨突遭襲擊，臉上正中一拳，這讓他腳下一個踉蹌，差點沒站住。他顧忌著手上還抱著小朋友，趕緊把妞妞放到地上。精英男再揮一拳，打在郭秋晨的眼眶上。郭秋晨慘叫一聲，蹲地捂眼。

這時三個女人也反應過來了。

尹寧一把扔了包包，衝過去用力推開精英男，「林淵，你這混蛋，憑什麼打人，滾開！」陳若雨蹲在郭秋晨身邊低頭查看他的傷，高語嵐把嚇得哇哇大哭的妞妞抱進懷裡。

林淵瞪著郭秋晨，轉頭過來看著尹寧冷道：「妳不肯回心轉意，跟他有關？」

「你太爛了，沒人會要你！」尹寧大聲罵，火氣大得可以燒掉一棟樓。

林淵更氣，被郭秋晨刺激出來的惱怒還未散去，尹寧又當著那男人的面這樣喝他。

林淵嘴角抿得死緊，他很酷地推了推墨鏡，沉默了幾秒，暗自深呼吸控制脾氣，然後說道：「過去我是有很多錯，可歷經了這麼多事，現在我只是想重新來過。我想了很多，妳得相信，我有改變。」

尹寧挺起了胸膛冷笑，「是啊，變了很多呢！以前只是愛耍酷，現在拳頭都用上了，你

憑什麼打我的朋友？是什麼讓你以為你有資格對我指手畫腳？你以為你變了嗎？我告訴你，你一點都沒變，還是這麼爛！我過去是瞎了眼，腦殘，要不怎麼會看上你這個敗類？」

尹寧的話讓林淵臉上青一陣白一陣。他咬緊牙，看看尹寧，又看了看兩眼飽含淚水，過來扯著尹寧衣角的妞妞。今天真不是談這事的好時機，可就這樣退場，他也不願。

於是他咬咬牙，低聲說道：「對不起，過去是我不對，讓妳受了很多委屈，我知道都是我的錯，妳們母女倆受苦了。我一直忘不了妳，以後，我一定會好好對妳們的，我們重新來過，好不好？」

他不等尹寧回話，又說：「妳不必著急回覆我，給自己一點考慮的時間，也給我一點時間表現誠意，我過幾天再來找妳。」

尹寧大笑，忽然上前拍他的肩，「林先生，你真有意思，你今天照過鏡子沒？啊，對了，你戴著墨鏡，可能照鏡子也看不清楚，所以你一定不知道，你看你的臉，哇，好可怕，臉不見了！血肉模糊，沒臉沒皮，太可怕了！你快回家去躲起來，不要出門嚇到小朋友，大人也會被噁心到吐的！」

林淵聽得她這話，氣得臉色鐵青，一把扯下墨鏡，「妳不要用尹則的語氣說話！以前的妳不是這樣的，現在都被他教壞了！」

尹寧臉一板，咬著牙罵：「你這個不要臉的噁心混蛋，你連給我弟弟提鞋都不配！你該慶幸尹則現在不在，不然他會揍得你滿地找牙！」

「看在妳的面子上，上次的事我不跟他計較。」

「看在你的表現上，過去的事我這輩子都會計較！你醜惡狠毒黑心肝無情無義的嘴臉深深地印在了我的腦子裡，我根本不可能忘掉！林淵，我說你沒臉沒皮你還能撐到現在，看來是無恥者無畏，功力見長啊！重新來過？我當初大著肚子找你，你卻告訴我玩玩而已的時候，怎麼沒想到要跟我重新來過？你娶別人的時候，你怎麼不想著跟我重新來過？你建立家庭摟著老婆過日子，而我割腕，我生下妞妞，那個時候你怎麼不想著跟我重新來過？」尹寧冷笑，「對了，一直沒機會告訴你，現在既然這麼不幸遇到你，我想告訴你，知道你一直過得不太好，沒人要你，我真是為你感到高興！」

林淵被尹寧幾番辱罵，再也忍不住，狠狠抓住她的手腕拉扯她，「妳別以為我現在的脾氣有多好，我容忍妳，不代表妳可以侮辱我！」

尹寧痛得尖叫，伸手去拍他的手臂。

郭秋晨起先無辜被打，心裡大叫倒楣，如今聽得兩人的對話，知道這男人過去竟然這麼無情無恥，不禁也替尹寧抱不平，現在他居然還對尹寧動起手來，忙上前去攔，「你放開她！」

「我們的事輪不到你說話，滾開！」林淵看到郭秋晨就來氣。

尹寧大叫：「我跟你沒有我們，你才應該滾！」

「妳給我聽清楚。」林淵拉緊尹寧，「我是想好好跟妳重來，妞妞是我的女兒，誰也改變不了這一點。」

「做你的春秋大夢！你放手，你弄疼我了！」尹寧用力拍林淵的手臂。

郭秋晨在一旁幫忙去拉林淵，「有什麼話用嘴說就好，對女士動手，太沒風度了！」

陳若雨也衝上去，大聲叫：「你放開尹寧姊！」

高語嵐趕緊把拉著尹寧衣服，嚇得又開始哭的妞妞抱過來，哄著她，不讓她看那團混亂。

那邊幾個人扭成一團，林淵用力甩開他們。他再沒了耐心，又惱又怒，揮拳又向郭秋晨打了過去。這次郭秋晨有了防備，但他斯斯文文，沒什麼打架經驗，只得狼狽抱著頭往後躲。

「你還敢打人！」尹寧氣得頭頂冒火，她低頭在地上的包包裡翻找，找到了那瓶防狼噴霧，然後一個箭步衝上去，對著林淵的臉一通狂噴。

林淵慘叫一聲，下意識揮臂一擋，打在了尹寧的臉頰上。

陳若雨大喝一聲，脫了高跟鞋對著捂著眼睛蹲跪下來的林淵的腦袋一頓亂打。

妞妞放聲大哭，高聲喊著媽媽。

郭秋晨從林淵的拳頭下被救出來，目瞪口呆地看著兩位女俠的勇猛英姿。

遠處警笛聲響，一輛警車開了過來，兩個警察下車朝這邊走過來。

「怎麼回事，有人搶劫嗎？」

「搶劫？」大家都有些呆愣，只有尋仇和打架鬥毆，沒有搶劫啊！這裡人人衣冠楚楚，雖然打架的場面有些亂，可警察先生怎麼這麼有才，能看出來有人在搶劫？

一個警察說道：「有人報警，說這裡發生搶案。你們是怎麼回事？誰報警的？」

高語嵐看看自己的電話，非常疑惑，「我沒報警啊，我之前打的明明是尹則的電話，難道是他報警的？」

警察皺眉頭，「那到底有沒有人被搶？」

大家面面相覷，這時妞妞痛哭著撲進尹寧的懷裡，啞著聲音對警察說：「有，有人搶劫！」

她一指林淵。

林淵剛從地上站起來，眼睛被噴霧劑刺激得紅紅的，一臉狼狽。

妞妞一邊哭一邊喊：「是他，他要搶婦女和小孩！」

搶婦女和小孩？大人們都一愣。

警察有些想笑，但還是板起臉，看了一圈，又問：「到底發生什麼事？剛才是誰報警的？」

依然是妞妞搶先答了：「是我報警的！」

大人們又是一呆，接著無語。

妞妞哭著說：「警察叔叔，這人是壞人，他打我媽媽，小郭叔叔想保護我們，也被打了！」

看妞妞小大人似的，警察就跟她說：「小朋友，報警是很嚴肅的事，不是玩遊戲。」

妞妞皺眉頭，「那他打人，還要搶我，警察叔叔管嗎？」

警察被問得一呆，妞妞繼續說：「舅舅教我的，他說警察叔叔會幫助好人。這個人的照片舅舅給我看過，他告訴我警察局的電話，他說如果遇到這個壞人欺負我媽媽，想帶我走，就要報警。」

尹寧翻翻皮包，發現她的手機不見了，轉頭一看，丟在地上，估計是妞妞打完電話隨手亂丟。她嘆氣，把手機撿起來放回皮包裡。

這邊警察還想給妞妞上上法律課：「小朋友，這種情況不叫搶劫。」

妞妞淚痕未乾，卻很清楚地說：「舅舅說小朋友說不清楚情況，警察叔叔會以為開玩笑不出勤，說有人搶劫就可以，而且這人打我媽媽，想搶走我，說搶劫也是合理的。」

警察啞口無言，這家庭教育，真是神了。不過聽起來這事像是家庭暴力搶孩子，又不禁同情起這對母女來。他看尹寧像是這孩子的媽，就問：「現在是什麼情況？妳要告他嗎？」

尹寧想想，她不太會處理這種事，這次兩邊都有受傷，恐怕會很麻煩，於是搖搖頭，「這次先不告。」

警察點點頭，拿出單子，「那還是得登記一下，我們出勤了，得有紀錄。」

「她不告嗎？我告！」

眾人轉頭，見林淵怒氣沖沖地道：「我要告他們幾個蓄意傷害！」

「很好！」有人大聲應，眾人又轉頭，看見尹則大踏步地走過來，一臉猙獰。他走近了，二話不說，揮拳就把林淵打倒在地，嘴裡罵道：「不揍你真是對不起你律師的那份薪水，不能讓他白拿了！」

林淵被揍，勃然大怒。

他暴喝一聲從地上跳起來，衝著尹則猛撲過去。尹則躲都不躲，迎上去又是一拳。

兩個人你來我往，瞬間扭打在了一起。

旁邊幾人看著，都沒來得及反應上前勸架，只有妞妞對尹寧大聲喊：「媽媽，壞蛋打舅舅，快開門放饅頭！」

高語嵐無語凝噎，心裡想著，孩子啊，妳家那饅頭，出來也咬不著什麼壞人吧？搖尾巴賣萌對壞人不管用啊！

兩個警察在一旁看著這情況不樂意了，當他倆死了嗎？居然敢當著他們的面鬥毆！

兩人趕上前去拉架，甭管怎麼樣，全部帶回去再說。

那兩位打得正在興頭上，警察來了也不管。

林淵猛地一記拳頭揮過來，尹則偏頭一躲，拳頭砸在其中一名警察的腦袋上。

尹則見狀，果斷迅速撤退，躲到警察背後高舉雙手裝乖，大聲叫：「他襲警！」

林淵恨得牙癢癢的，他其實真的是想跟尹寧重新在一起，想要女兒，可他沉不住氣。現在這個唯恐天下不亂的尹則出現，幾個拳頭來回，反而讓他冷靜下來。

他真蠢，他表現得既惡劣又腦殘。

林淵停下來，喘著氣，整了整衣衫，目光越過兩個警察，落在了尹寧身上。

尹寧正看著他，用那種輕視又漠然的眼神，而他的女兒，此刻撲進了尹則的懷裡，讓他幫她擦乾淨她那張淚痕斑斑的小臉。

「舅舅，我們放饅頭咬他！」

粉嫩嫩的小手指向林淵，這讓他心裡一擰，真是說不出的滋味。

這事鬧成這樣，想不去警局都不行了。尹寧把妞妞交給高語嵐，讓她帶著孩子去吃點東西，別參與這件糟糕的事。高語嵐、陳若雨和郭秋晨就把孩子領走了，買了麥當勞，又按尹則說的，去附近一家醫院給郭秋晨驗傷治療，索要驗傷報告。

而尹寧和尹則卻是跟林淵各自開車，進了附近的派出所。

第六章

春意盎然的惡夢

高語嵐有些不安，尹則被揍了好幾拳，不知道傷得重不重？這個林淵看起來來頭不小，他們姊弟二人會不會有麻煩？

陳若雨也有些不安，她問：「我剛才也揍了那混蛋好幾下，他說要告我們，會不會把我也告進去了？」

高語嵐安慰她幾句，其實她心裡完全沒底，不過那林淵又不認識陳若雨，應該會沒事吧？

郭秋晨沒怎麼說話，他是他們當中最倒楣的，細數數，好像每次過來都沒有遇見什麼好事，但小郭先生非常有風度，一句埋怨的話都沒有說。在麥當勞點餐的時候，妞妞好奇地戳戳他的眼角，問他痛不痛，他還很耐心地陪孩子聊天。

幾個人裡，只有如願吃上麥當勞的妞妞小朋友心情還不錯。雖然剛才經歷了不愉快，但她不愧是與尹則有血緣關係的親人，很快把這些事丟到腦後，而且迅速制定了日後的作戰計畫，那就是——回家好好訓練饅頭小帥哥分清敵我，勇敢戰鬥！

高語嵐沒有打擊妞妞的癡心妄想，卻在心裡提醒自己，回頭見了尹則要跟他說一聲，小心饅頭的人身，不對，狗身安全。

三個大人、一個孩子一起到了附近的醫院，妞妞熟門熟路，連蹦帶跳地在前面領著大家直接到了三樓。

護士看到妞妞，跟她打招呼，妞妞很大方地招手，悶頭跑進一間診療室。

高語嵐趕緊上去拉她，可妞妞人雖小，動作卻是很快，一下子鑽了進去，還大聲叫道：「孟叔叔！」

診療室裡傳來一個男子的笑應聲。高語嵐作為妞妞的臨時監護人，也趕緊跟著進去，她看到一個年輕的穿白大褂的醫生把妞妞抱了起來。

醫生的桌上擺了名牌，高語嵐掃了一眼，孟古。

當醫生的叫這個名字，算是悲劇嗎？

孟古隨著高語嵐的視線看了看，似乎也知道她心裡的想法，他笑笑，「我爸姓孟，我媽姓古，所以我叫孟古。」

高語嵐點頭，心裡幫他接下去：碰巧還是位醫生，合起來就叫……蒙古大夫。

「蒙古大夫」之前已經收到了尹則的電話，所以知道高語嵐他們的來意。他很快幫郭秋晨做了檢查，臉上和眼眶有淤傷，手腕有輕微扭傷，手背有點小擦傷，其他無大礙。

郭秋晨對高語嵐說：「妳看，沒事的，我都說了不必來檢查。」

「還是驗清楚放心。」

「對，還是驗一驗放心。」孟古附和高語嵐的話，緊接著又對郭秋晨說：「手腕扭到，

打個石膏吧！」

此言一出，診療室裡一片寂靜。

孟古一臉誠懇的笑，「不用擔心醫藥費，尹則說了，他出錢。」

高語嵐恍然大悟，想起當初尹則那條石膏腿。

孟古繼續說：「要不要再做一個更全面仔細的身體檢查？三個人都做吧！」

他一邊說，一邊刷刷的開單子。

郭秋晨一臉黑線，蹭蹭退了好幾步，站到陳若雨身後去。

高語嵐叫過妞妞，對她耳語了幾句。妞妞一聽，猛地向孟古撲去，「孟叔叔，你要收我舅舅的錢嗎？收好多錢嗎？」那表情語氣，儼然是遇到了搶匪。

孟古笑著摸摸小朋友的腦袋，「妞妞，妳舅舅有錢，別擔心。」

妞妞使勁搖頭，小臉皺成包子，「孟叔叔，我舅舅好窮的，你真的忍心收他的錢嗎？」

孟古還是笑，「他哪裡窮了？」

妞妞認真答：「他都不能天天請妞妞吃麥當勞。」

「那是他小氣。」

「他還有款貸沒還。」

「款待沒還？」孟古沒聽懂。

妞妞趕緊回頭用眼神向高語嵐求助，高語嵐臉漲紅，用嘴形小小聲說：「貸款。」

妞妞點頭，迅速倒帶重說：「還有貸款沒有還。」想了想，加重語氣：「好可憐的！」最後一個字拖得老長，還飽含感情。

孟古這回咧著嘴笑得更厲害了，妞妞扯他的衣袖，「你不要收我舅舅的錢，不然妞妞沒有麥當勞吃，也沒有房子住。吃不飽穿不暖，只能到街上賣火柴。」

孟古哈哈大笑，眼角瞥向高語嵐。

高語嵐連連擺手，「最後那些絕對不是我教的！」

「尹家賢內助啊！」孟古用手掌撐著下巴，那德性與尹則有幾分像，「說說，妳跟尹則什麼關係？」

「沒關係。」

「沒關係他們姊弟倆能這麼放心把妞妞交給妳，妳還這麼替他心疼錢？」

「真沒關係！」

「不信！」

高語嵐一臉黑線，不理他了。

妞妞把話題扳回來：「孟叔叔，那不收我舅舅的錢了吧？」

「小人精，不收錢，妳孟叔叔我得喝西北風去，妳不心疼？」

「我心疼舅舅。」妞妞老老實實地說，一點沒給孟古留面子。

「妳也心疼吧？」孟古冷不防又把話題往高語嵐身上套，尹則那傢伙最近春心大動，估計就是這個女人。

高語嵐用力搖頭，「我跟他沒關係，不心疼！」

「哦，嵐嵐，妳又傷害我了！」

背後忽然傳來尹則充滿感情的狀似悲痛的聲音，高語嵐嚇得整個人跳了起來。

回頭一看，真的是尹則。

「舅舅！」妞妞小朋友歡快地撲了過去，第一時間打小報告：「孟叔叔答應以後都不收你的錢了，看病就找孟叔叔！」

孟古一臉黑線，他什麼時候說的？還以後？最後那句看病就找孟叔叔，怎麼這麼像電視廣告？所以說不能讓小孩看太多電視！

尹則哈哈笑，親親妞妞。

他走進來，對郭秋晨和陳若雨說了抱歉，又問了他們身體的狀況，大家都表示沒事。

於是，尹則指指身後，「這是我朋友雷風，他先送你們回去。今天真是不好意思，回頭我請吃飯。」

高語嵐轉頭一看，還真是上次跟尹則一起到她家的那個警察雷風。這次他沒穿制服，看起來清新俊朗。雷風看見高語嵐便笑了笑，「嗨」了一聲算打過招呼了。

幾個人客氣一番，陳若雨和郭秋晨便跟著雷風走了。

高語嵐也想走，尹則卻把妞妞推她懷裡，拉著一起坐下了。

孟古咧著嘴笑，「沒關係嗎？我信你！」頓了頓，又補一句：「真的！」

真個鬼！

高語嵐不理他，沒看見尹則在桌下狠狠踢了孟古一腳。

兩個大男人三八兮兮的你一言我一語地互損對方，孟古嘴裡一邊說著刻薄話，一邊很快幫尹則檢查了傷，開了藥。

高語嵐想起尹則原來說過的，這是他們表達友情的方式。

她不由得長嘆，真是物以類聚，人以群分，「影帝」的朋友也是「戲骨」啊！

尹則還有別的事做，沒有在孟古這裡久留，他很快帶著高語嵐和妞妞告辭，這時高語嵐才想起問：「尹寧姊呢？」

「她想靜一靜，我先送她回家了。」

「哦。」高語嵐想問問那個林淵最後把他們怎麼了，或者他們把林淵怎麼了，後一想，妞妞還在呢，也就作罷。

尹則似是知道她的想法，跟她說：「別擔心，事情告一段落，沒問題了。我先送妳回去，回頭見面再告訴妳。」

高語嵐點點頭，轉頭看看車窗外面的街景。路旁正好有對男女在吵架，高語嵐有些感慨，這個城市裡，不知道還有多少男女間的故事。尹寧也好，她自己也好，不過都是失敗例子中的一個罷了。

因為被故事吊著胃口，所以高語嵐盼望著能與尹則快些再見面，但這一天快要結束，卻一直沒有接到尹則的電話，倒是陳若雨打過來傾訴了心聲。

「嵐嵐，怎麼辦？我好像戀愛了。」

「啊？」高語嵐大吃一驚，「這麼快？愛上誰了？」

「可能、可能也不是戀愛了。就是，妳知道我也不小了，該找個對象了。要是遇到順眼的，是不是該行動一下？但我還沒有確定。」

「小郭先生？」

「不是他，他太文弱了，不適合我。」

「那是誰？難道是尹則？」

「不不，也不是他，他明顯對妳有意思，我才不湊熱鬧！」

「亂說什麼？他才沒有對我有意思，他無聊愛整人而已！」

「那他真是得無聊到一個境界才行。」

「相信我，他境界相當高。」

陳若雨長嘆一聲，不說話了。高語嵐也不說話，等著陳若雨自己說。

等了一會兒，陳若雨扭扭捏捏地問了：「嵐嵐，妳說，孟醫生和雷警官，哪個更好？」

「……」高語嵐不知該怎麼答。若雨童鞋，妳太猛了，不戀則已，一戀就戀上兩個？

「孟醫生幽默風趣，話多一點，但是挺有意思的。雷警官話少，感覺穩重點，而且很有禮貌，風度翩翩。兩個人完全不一樣，妳給點意見嘛，哪個更好一點，更適合我？我很認真想選一個好好追求。」陳若雨說著，似乎不是在開玩笑。

高語嵐說不上來誰更好，就她而言，她覺得要談戀愛，沒有對方好不好，只有妳愛不愛。妳要是喜歡他，什麼缺點都會覺得無所謂，幫他洗臭襪子都覺得幸福，可妳要是不喜歡他，他多說兩句話妳都會覺得呱噪煩人。

愛情這件事，真是玄妙。

她把這意思跟陳若雨說了，陳若雨哇哇叫：「才見第一次，哪會有這麼深的感情？我現在只是一見好感，當然也要看對方的具體情況，然後才要決定是不是要追追看。最後也得看人家是不是也能跟我對上眼啊，萬一對我各種嫌棄，我想再多也沒用。」

「那妳又說妳戀愛了？」

「拜託，這叫加強語氣，修飾手法啊！」陳若雨在電話那頭打起精神，又說：「嵐嵐，我認真想過的，我一個外地人，從小地方來，家境普通，工作一般，長相也不過是順眼，而且我這種性格，也不是人人都受得了……嗯，我這麼說，倒不是妄自菲薄，只是要先把自己的條件想清楚。我這樣的，就是想找個談得來的，我喜歡他他也喜歡我，然後大家能一起好好過日子，所以還是先打聽清楚了，探好情況才展開行動，不然他們兩個互相都認識，我要是下手下錯了，另一個也沒機會了。妳幫我跟尹則問問看嘛，他這兩個同學是什麼情況，有沒有女朋友，喜歡什麼類型的。」

「啊，妳連他們是同學都知道了？」

「今天雷警官送我們的時候，我問的啊！」

「那妳怎麼不順便把敵情也打探一下？」

「嘿，我雖然臉皮厚，可也是有女性的矜持。」

「所以是妳的女性矜持讓妳同時相中兩個？」

陳若雨在電話那頭沉默了片刻，忽然很神祕地壓低聲音問：「嵐嵐，其實妳跟尹老闆在談戀愛吧？」

「才沒有！」

「妳老實說，妳跟那尹老闆到哪一步了？」

「呸呸，誰跟他到哪一步！」

「你們接吻了吧？」

「哪有？」高語嵐整個人跳了起來，「妳怎麼會這麼想？我們看起來哪裡像是一對？我怎麼可能跟他那樣？」

「像不像不重要，重要的是，是不是啊？」陳若雨振振有詞：「妳看，妳現在說話，是不是跟尹老闆有點像了？人家說，談戀愛的人，是會互相影響的，然後口水吃多了，說話語氣口吻什麼的也會越來越像……」

「呸呸呸，好噁心！」高語嵐腦子裡頓時冒出尹則一把將她拉到懷裡，低頭吻住她的畫面。她用力甩頭，想甩掉這恐怖幻想。什麼口水吃多了，他伸舌頭……高語嵐覺得全身血液

都往臉上衝。她捂臉，倒在床上嗷嗷叫：「若雨，妳打敗我了，妳徹底贏了，妳是不是噁心星球派來攻占地球的？妳回去吧，快呼喚飛船帶妳走！那什麼，是不是想帶走地球帥哥才甘心？蒙古大夫和雷風警官都歸妳，不不，把尹則也帶走吧，三個人湊一組，一個幫妳做飯，一個做妳的保鏢，還有一個是妳的家庭醫生，太完美了，快走吧！」

電話那頭傳來陳若雨的哈哈大笑聲，「真的是很完美，要是是現實就好了，這樣我做夢都會笑。嵐嵐啊，妳還不承認，妳看妳現在說話，是不是比以前幽默多了？」

原來瞎編亂造、胡說八道就叫幽默感啊！

高語嵐無力扶額，「我本來就是機靈幽默又風趣可愛好不好？」

「哪有？」陳若雨又哈哈笑，「這麼厚顏無恥地自我誇獎，形容詞還一溜一溜的，完全不是妳的風格啊！」

高語嵐無語，她剛才真的腦抽厚臉皮了一把。

什麼叫機靈幽默又風趣可愛？她居然這樣說自己？

陳若雨在電話那頭接著說：「所以說這真的是互相有影響的，口水吃多了是會變的。哎呀，晚了，我得洗澡去了，那兩個地球帥哥就麻煩妳幫我問問地球大廚尹老闆，一定要幫我打探出情報來啊！我好不容易鼓起勇氣要追求幸福，全靠妳了！」

陳若雨掛了電話，高語嵐看著天花板發呆。

不會吧，難道她真的變了？被尹則影響的？變得沒個正經瞎說八道了？

「不可能！」她對著屋子裡的空氣大叫，她跟那個痞子絕對一點關係都沒有，不可能有……什麼接吻嘛，什麼口水嘛，呸呸呸！

高語嵐從床上跳起來，去洗澡刷牙，給自己找點事做，不能再去想那些亂七八糟的事了。

不要想尹則，不要想他的幽默感，不要想他的壞笑，不要想他挑眉的表情，不要想他裝可憐的語氣……

可等她洗完澡從浴室走出來，卻發現尹則的一切剛才就一直塞在她的腦子裡。她倒了一杯茶給自己，拿起杯子時，想到的居然是尹則拿杯子遞給她時的修長手指。

高語嵐臉一紅，她坐立不安，轉了半天，開始捲袖子拿掃把，將家裡裡外外打掃了一遍，又拿了拖把水桶，每個角落都擦得光潔。清掃完，她終於累了，倒在床上，很快覺得睏了，她迷迷糊糊的，不由得在心裡哼起了歌。

瘋了瘋了，睡不著，我的心撲通地跳……

哼著，哼著，她終於睡著了。

門鈴響了，高語嵐跑去開門，門外站著尹則。

他穿著白襯衫，顯得高大挺拔，非常有精神。他的眼睛很亮，看著她一直笑。

「這麼晚了，你來這裡做什麼？」高語嵐望著他明亮的眼睛，心跳得厲害。

尹則沒說話，只笑著走了進來，輕輕關上房門。

高語嵐後退兩步，仰頭看著尹則，不知道自己為什麼說不出話來。

尹則逼近她，慢慢邁著腳步。高語嵐屏著呼吸，往後退。

他上前一步，她就退一步。然後，她的背靠上了牆，再無退路。

尹則逼過來，雙臂撐在她的臉旁，將她困在他臂彎圍成的小天地裡。

高語嵐的心怦怦亂跳，她看著他的眼睛，說不了話，也動彈不得。

他一直在微笑，他撫上了她的臉，很溫柔，然後捧著她的臉頰，低下了頭。

高語嵐整個人僵住了，她眼前一花，唇瓣被溫柔地含住。她想推開他，想大叫不可以，可她剛一張嘴，他的舌便探了進來。

他的舌很靈巧，濕潤而溫暖地纏著她的舌頭。她想推拒，卻是從鼻腔裡冒出輕柔的嚶嚀。他的身體壓下來，緊緊抱著她，大掌托著她的後頸，吻得更深、更徹底。

高語嵐渾身發軟，根本沒辦法推開他，她鼻子裡聞到的全是他身上清新好聞的男性氣息，很乾淨，似乎帶點淡淡的檸檬香，他是不是做了檸檬味的蛋糕？所以讓她感覺到香甜？

他很溫柔，她在他的唇下迷醉，她抓緊了身下的被單……等一下，她頭很暈，神智不清，他們什麼時候進了房間上了床？

他一直在吻她，吮她的唇瓣，親她的嘴角，再碰觸挑弄她的舌尖。

她昏昏沉沉，覺得她像塊巧克力，正在他嘴裡融化。

然後她身上一涼，衣服竟然不翼而飛，而他也裸著，兩個人肌膚揉擦著肌膚，熱燙得快將她燒掉。他的手掌很大，他在摸她的小腹，往上，握住她胸前的挺立。

「不行，不可以！」他把她弄疼了，她好害怕，她不應該與他這樣的，他們明明是沒有關係的兩個人，怎麼可以這樣？

她的嘴張了又張，拚盡全力，終於喊了出來。

這一喊，令她睜開了眼睛。

醒了。

房裡很黑，天花板還長那樣，一點都沒變。床上只有她一個人，她的被子蓋得好好的，睡衣每一顆扣子都沒有鬆開，沒有裸體，沒有尹則。

高語嵐喘著氣，終於完全清醒過來，心還在狂跳，身體還在發熱，每一處細胞似乎還在沉醉。她捂著臉，覺得臉燙得要燒掉。

她怎麼會做這種夢？

春夢。

還是跟尹則。

不不，這一定不叫春夢，這叫惡夢！

春意盎然的惡夢！

高語嵐越想越驚，越想越害怕。

天啊，來一道雷劈了她吧！

不不，還是去劈尹則吧！

不不，嚴格說起來，尹則勉強也算是受害者！

那……還是去劈陳若雨吧！都是她的錯，全是她的錯！

什麼接吻，什麼口水吃多了，好噁心好噁心，害她做惡夢！

高語嵐把自己埋進被子裡，覺得沒臉再見人。她越想越是尷尬，越想越是害羞，怎麼能做這樣的夢呢？

「陳若雨，我恨妳！」

做了春夢之後，再見到夢中主角會是什麼情況？高語嵐還不知道，她只知道她想起來就

會臉紅，尹則這個名字讓她很尷尬，所以她一直躲著。

幸好這次老天爺是站在她這邊的，之後的兩個多星期，尹則都沒有出現。

高語嵐一方面暗暗慶幸，雖說春夢了無痕，但要是這麼快又看到他，她真是害怕自己會手足無措。雖然她與他之間真的沒發生什麼，但她沒由來卻覺得很心虛。

而另一方面，她又有些牽掛，不知道尹家跟那個林淵的事最後怎麼樣了。尹則會不會又跟人打架受傷了？會不會真的被林淵告？還有，他為什麼不找她了？

高語嵐懷著這樣的心情過著自己的日子。時間過得很快，一晃兩個禮拜過去了。

這兩個禮拜發生了不少事，比如高語嵐的新工作複試成功，就差等上班通知。又比如郭秋晨正式調任到了跟高語嵐同個城市，高爸高媽特意打電話過來囑咐她要好好照顧人家。天知道明明小郭先生才是大老爺們兒，為什麼她爹娘會想到讓她去照顧他？

這兩個禮拜裡，高語嵐與陳若雨、郭秋晨都見了面，吃了飯。她又被陳若雨催促幫她打探兩位地球帥哥的情況。郭秋晨也問起尹家姊弟倆和小朋友現在如何了？高語嵐有些無措，她怎麼忽然成了尹家代表了？

可她這尹家代表確實是什麼情況都不知道，因為這兩個禮拜尹寧的店暫時歇業，高語嵐也沒好意思去餐廳問尹則是不是也沒有上班。

等她調整好了心情，終於不再去想春夢的事。

高語嵐忍不住打了電話給尹寧，表示一下朋友的關心。

尹寧接到電話很高興，她說她和妞妞輪流生病，所以一直在家裡休息。高語嵐跟她聊了好一會兒，尹寧主動說了林淵沒有再騷擾她們，妞妞現在也很好，又說尹則這段時間很忙，總在外面跑。末了，她問：「尹則有沒有找妳？」

高語嵐臉一紅，心忽然跳快了幾拍，「沒有啊，我跟他沒什麼的，他幹麼要來找我？」她說完又覺得失態，人家又沒說她跟他有什麼，她心虛個什麼勁，「我是說，他沒來找我。」

「哦。」尹寧似乎沒察覺高語嵐的反應有什麼不對，只說：「因為他說那天對你們很不好意思，要請你們吃飯，我還以為他會找妳約這個事呢！」

「哦哦，沒有了。妳不是說他最近忙嗎？也許以後吧。其實不用這麼客氣，小郭先生和若雨都不介意，我們三個有見面，正好大家都是老鄉，聚一聚，算是為小郭先生調來這邊工作慶祝了一下。」

「那也不錯，這算升遷嗎？是件好事。」

「嗯，是升遷，他自己也挺高興的。尹寧姊，我還有一個好消息。」高語嵐忍不住報喜：「我去參加複試了，是家大公司，還挺好的，那個部門的總監對我也很滿意，他說應該沒什

麼問題，讓我回來等上班通知。」

「哇，那就是說，妳很快就要去上班了？」

「現在還沒有最後通知，不過我聽那總監的意思，應該問題不大。」

「太好了！我過兩天就回店裡，到時做個大蛋糕幫妳慶祝！」尹寧是知道高語嵐多為工作發愁，這下有了著落，真是為她感到高興。

兩個人又說了一會兒，聊了聊妞妞和饅頭的一些趣事，這才依依不捨地掛斷電話。

高語嵐說起工作的事，忍不住興奮起來。這份工作真的很好，她很滿意，她真想能快一點去上班啊，可是複試都過去兩天了，到現在還沒有給她通知，會不會是最後又有什麼變故呢？

高語嵐有些忐忑，但又安慰自己，直屬上司總監都說對她的表現滿意，人事部也表示沒什麼問題，那應該就是沒問題。

她這麼想著，打開了那公司的網站，再一次認真看著公司的業務介紹和業績成果，憧憬著自己美好的事業未來。

這時候電話響了，她一看，居然是尹則。

她的心又開始亂跳，臉發熱，猶豫了好一會兒，這才接了起來。

「喂。」

「妳在幹麼？」尹則一開口就問，語氣熟稔得讓高語嵐臉一紅，她莫名其妙又心虛起來。

「你管我！」

「我知道妳在做什麼？」

「做什麼？」

「想我唄！」

「呸！」高語嵐臉發燙，慶幸著這是講電話，他看不到她。

「妳要是不想我，怎麼會打電話給我姊？」他可是一回家就聽說她打電話給尹寧了。她居然打電話給尹寧而不打給他，他很不高興，他要算帳。

想他所以打電話給他姊？

高語嵐撇嘴，「尹先生，你的邏輯很有問題，如果是想你，就應該打電話給你，而不是打給姊姊，所以你不要自作多情。」

「我的邏輯沒有問題。妳想我了，但是又害羞，不好意思打給我，於是就打給我姊偷偷側面不動聲色地打聽我的消息，對不對？」

「對你的頭，你自己瞎編！」

「妳現在臉紅了，是不是？」

「呸，才沒有！」

「妳看，我都說中了，妳想什麼我都知道，我們倆的邏輯都是0.2的，天生一對。」

高語嵐忍不住笑，這人真是很討厭，總是愛亂開玩笑，可是他說話卻讓她很開心。

她故意反駁：「不好意思，尹先生，我的邏輯系統已經升級到1.0，跟你不一樣了。」

「真的？」尹則揚高了聲音，高語嵐的腦子裡都能想像他挑高眉毛故作吃驚的樣子，她不自禁咧嘴大笑。

「我說難怪我剛才邏輯指數瞬間升高呢，原來是在與妳同步更新！」尹則痞痞的腔調：「怎麼辦？好苦惱，還是天生一對！」

「你真無聊妳」高語嵐撇嘴，「你打電話給我幹麼？」

「我是無聊啊，我無聊到了一定境界，普通人跟不上我的腳步，只有妳是我的知音，所謂紅顏知己就是妳了，所以我要找妳一起無聊。」

高語嵐忍不住又笑，那個他無聊的境界很高這話，她還真是說過，沒想到他自己也這麼說。

「你不是很忙嗎？」

「剛回家啊！結果一回家，我家小偵察兵就說，舅舅，舅舅，剛才媽媽接到姊姊的電話，姊姊快要上班了，媽媽要做大蛋糕……」尹則尖著嗓子學著妞妞的語氣，高語嵐聽得哈哈大笑。

「妞妞好可愛！」

「她舅舅也挺好的。」尹則接話接得很溜。

高語嵐又臉紅了，「好了，不跟你瞎扯了，這麼晚了，早點休息吧。」

「哦，妳好體貼，知道我累了，好關心我。」

「你在捂心口嗎？」

「果然妳最懂我。」

「你真的好無聊！」

「妳真的好懂我！」

高語嵐氣結，還沒完沒了啦？她果斷地說了一句：「拜拜。」然後掛電話。

電話是終於掛上了，可為什麼心裡會覺得意猶未盡？

高語嵐發著呆，手機忽然響了，她抿嘴，這個尹則真是討厭。

她迅速按了通話鍵，大聲說：「很晚了，你不要鬧了！」

電話那頭靜默了幾秒，然後一個低沉的男聲說：「高小姐，我是胡天。」

高語嵐一下子愣了，驚訝得張大了嘴。

老天爺，是她面試的那家公司的部門總監，如果她如願去上班，這就是她的頂頭上司啊！

高語嵐結結巴巴地應：「胡、胡總，不好意思，我以為是朋友在開玩笑。」

那邊胡天笑笑，「沒關係，這麼晚了，的確打擾了。」

「沒有沒有，不打擾！」高語嵐的心懸在半空中，胡總監是要通知她明天去上班嗎？這麼晚通知，會不會太奇怪？

「沒打擾就好。是這樣的，我想約妳聊一聊工作安排的事，不知道妳方不方便出來？」

「現在？」

「對，我在秦山路泰安飯店的大廳咖啡座，正好有個專案的企劃案想跟妳討論，離妳住的地方不遠，妳方便過來嗎？」

「呃，方便。」高語嵐的腦子有點亂，既有著工作似乎確定了的興奮，又有著深夜與一個男人見面的警覺，但她還是下意識答應了。

胡天在電話那頭應了好，說他等著她，然後掛了電話。

高語嵐冷靜了一會兒，腦子開始正常運轉了。這個到底算不算是上班通知呢？都有工作與她討論了，應該明天就要她上班了吧？可是哪有半夜通知的？而且她還沒有去人事部辦報到手續，是什麼項目的企劃這麼緊急要讓她現在過去討論？

這胡總監是個工作狂？

高語嵐有些不安，她不敢自己去，可是她也不敢不去。萬一人家就真是工作狂，正好今天跟合作方在那個咖啡廳談事，然後真有工作安排，覺得她反正要入職了，所以可以與她討論，把工作交付給她呢？

如果是這樣，她不去，那擺明了還沒上班就得丟工作了。

高語嵐心裡掙扎半天，決定找個伴。

找陳若雨？不行，這麼晚，她也是女孩子，不安全。而且她大大咧咧的，萬一說錯什麼，弄得尷尬就不好了。

找郭秋晨？不行，萬一真有什麼事情發生，他這麼文弱，打架打不贏的。

高語嵐想了又想，最後一咬牙，撥通了尹則的電話。

「怎麼了，這次是真的想我了？」尹則很快接了電話，語氣甚是歡快。

「尹則，我有個事，想找你幫忙。」

「好啊。」尹則在電話那頭笑，「只要不掠奪我的肉體，其他都好說，可是如果妳狠心

非要掠奪我的肉體，看具體情況，我也是可以商量的。」

「有個男人約我現在出去見面，可是現在很晚了，我有點擔心，你有沒有空，能不能陪我去？」高語嵐也不跟他廢話，直入主題，不然時間拖久了，讓那胡總監久等也說不過去。

電話那頭安靜下來，一股壓力透著電話線傳過來，弄得高語嵐莫名緊張。

「妳說什麼？什麼男人？」

高語嵐飛快把情況簡單跟尹則說了，末了又問一句：「你有沒有空，能不能陪我去？」

尹則氣不打一處來，大聲道：「這什麼破公司爛總監啊，別說還沒報到，就算是他們的員工，也不能這麼晚了約女孩子出去！」

「也許人家就是這種工作風格呢？也許這項目很趕很重要呢？以前我也遇到過陪老闆去談專案，然後客戶先走了，老闆把同組的同事叫來一起開會的，也是在飯店下面的咖啡廳。」

高語嵐雖然很不喜歡這樣的行事方式，跟那個胡天更是不熟，還沒報到就半夜開會這種事也確是有些古怪，所以她的防備之心還是有的，但這公司條件很好，她找工作找了這麼久，終於天上掉下了餡餅，她真的不想因為有些許疑心就錯過了。

尹則在電話那頭沒說話，高語嵐心裡頓時有點小彆扭，她是不是不該找他幫忙？

高語嵐小心翼翼：「呃，如果你不方便……我是說，對不起，我沒考慮到你……」她話

還沒說完，尹則就冷冷地道：「我方便得很！」

高語嵐頓時閉了嘴，這麼咬牙切齒的，哪裡有半點方便的樣子？

沒等她再說話，尹則又道：「妳不許自己一個人去，我陪妳。妳到社區門口等我，我十分鐘後到。」說完，很果斷地掛了電話。

高語嵐撇嘴，對著電話扮個鬼臉。她有些不明白尹則先生這是鬧的哪齣，又不高興又答應陪她去。她看看錶，想想還是趕緊梳頭換衣服，等她打理好自己，走到社區門口，剛剛好十分鐘。

一輛小轎車飛也似的開到，「吱」的一聲停在她的面前。

車門打開了，高語嵐瞪大眼，「你怎麼開這麼快？好危險！雖然晚上車子不多，可越是這樣越要小心。大家都覺得車子不多就可以開快點，實際上這樣更危險……」

尹則看著她，眨眨眼睛不說話。高語嵐看著他的表情，猛然驚覺自己正像個老太婆一樣嘮叨。她閉了嘴，坐上車，想想還是忍不住又說：「真的，晚上雖然車子少，可是不要開快車，好危險。」

「好了，好了，我知道了。嵐嵐大媽，請妳繫好安全帶，不然也會有危險。」尹則似笑非笑的，讓高語嵐有些不好意思，「不能怪我囉嗦，誰讓你這麼不小心。」

尹則啟動車子上路，車子開得又慢又穩。

過了一會兒，高語嵐忍不住又說：「那個，其實也不用這麼慢。」

旁邊有輛電動自行車飛馳而過，讓坐在四個輪子大車裡的高語嵐有些替司機尹則羞愧。

「快妳也嫌棄，慢妳也嫌棄，妳很難伺候哦，嵐嵐大媽！」

高語嵐捏緊手裡的包包，很想給他一拳。這傢伙鐵定是故意的，可是她這麼晚叫他出來做陪客，確實是太麻煩人家。算起來是她欠了人情，她還嘮嘮叨叨的招人煩。她說了聲：「對不起。」然後抿緊了嘴，不說話了。

尹則故意開得慢，那什麼狗屁經理，他可不想這麼快把高語嵐送到他身邊去。不過調侃她兩句，她就不高興了？他小心看了她一眼，她正非常認真地看著前面的路。

「幹麼對不起？」

「麻煩你了嘛！」

「妳在故意氣我是不是？」

「什麼？」高語嵐聽不懂了。

「妳跟我客氣，把我當外人了。明明我們倆情比金堅，妳卻故意跟我裝不熟假客氣，不是氣我是什麼？」

高語嵐張大嘴，有些傻眼，這情比金堅是從何而來的？這傢伙，又胡說八道了！

尹則看到她的呆樣就開心，伸手揉揉她的腦袋，「妳遇到事情第一時間想到我，這種體現大智慧、表露真感情的行為值得好好誇獎，回頭我請妳吃宵夜。」

「沒有第一時間想到你，我第一個想到是若雨，不過她也是女孩子，這麼晚不好叫她出來。第二個想到的是小郭先生，第三個才是你。」高語嵐老實交代。

尹則一呆，臉上的笑差點沒掛住，乾咳了兩聲，問：「那為什麼最後還是選我了？」這帳又多添一筆，他記著了。

高語嵐咬咬唇，不想騙他，於是小小聲說：「好像，我的朋友裡，你比較會打架。」

「所以妳現在是明知山有虎，偏向虎山行了？需要帶上一個保鏢兼打手。」

「不是啊，只是我跟那經理不熟，我一個女孩子，大晚上出門，要走夜路，總歸是有防備心好些。但我相信沒什麼問題的，就是這麼晚還要工作，以後上班了，也許會很辛苦。」

尹則皺皺眉。會很辛苦，又會被半夜叫出去開會，這種工作還有什麼可做的？可看高語嵐這麼期待能去上班，他這會兒也不會傻得潑她冷水讓她不高興。其實照他看來，找一個還沒報到的年輕女人去飯店，只有一種事可以談。

尹則想了想，說道：「妳面試的是什麼公司？那個經理是什麼情況？妳再跟我說說。」

高語嵐把從初試到複試到今晚的邀約說了一遍，公司是什麼情況、入職後是什麼條件、人事部的態度、那個胡總監的態度全說了。

這說完話，飯店也到了。尹則把車停好，高語嵐道：「我就進去跟經理聊一聊，看看是什麼案子，也許明後天就能上班了。你在附近找個地方喝點飲料吃點東西，我請客，回頭一定好好謝你。」

「那妳可記好了，一定要謝我，重謝！」尹則側頭看她，「重謝」這個詞咬得很重。

高語嵐點點頭，這麼晚了，人家二話不說陪她過來，還被她支到一邊去乾等，也沒埋怨，她是得好好謝人家的。

「拉勾。」尹則伸出小拇指，高語嵐失笑，「你是小孩子喔？」話雖這麼說，但還是伸小拇指跟他勾上了，拉了兩下。

尹則笑，又說：「蓋章。」兩個人勾著的小拇指一轉圈，用大拇指對著大拇指按了個章。

高語嵐忍不住笑，嗔他：「你好幼稚！」

尹則蓋完了章，滿意了，點點頭，「妳這笨傢伙才幼稚！」打死他都不信那野男人是約她出來正經談工作，除非那男的有神經病。

「妳的手機拿出來。」

高語嵐不明白是什麼意思，但還是把手機拿出來交給尹則。

尹則拿著高語嵐的手機看了看，擺弄了一下，設定好，撥了自己的號碼。

接通了，他幫自己的手機插上耳機，戴好，又將高語嵐的手機還給她，「就這麼開著，別掛，我聽聽那傢伙都跟妳說什麼？要是他有什麼不軌，別客氣，放心大膽地揍他，有我在！」

高語嵐接過手機，心裡有些感動，尹則童鞋，你真是太仗義了！

高語嵐答應了，準備下車。尹則又叫住她，左右打量了一下。她梳了一個俏麗的髮髻，頭髮挽起，穿著一件粉藍色的洋裝，端莊得體，而纖細姣好的鎖骨和頸脖曲線透著羸弱又美好的女性氣質。

尹則皺眉，動手把她梳在腦後的髮髻鬆開。

「喂喂，你別亂來！」高語嵐哇哇叫，可是沒能保住髮型。她的長髮披散下來，尹則動手撥了撥，讓它披散在肩頸之際，遮住那些實在稱不上春光的小風光。

高語嵐低頭看看，撇嘴。

尹則敲她腦袋，「好了，去吧。」

高語嵐嘟囔：「這個樣子顯得很不專業。」

「專業是靠樣子的嗎？快去，談完了趕緊回來，我帶妳吃宵夜慶祝去。」尹則頓了一頓，補充一句：「妳給錢。」

高語嵐被他逗笑，點點頭，拿著包包進去了。尹則跟在她的身後，她回頭看了他兩眼。尹則對她揮手，高語嵐覺得很安心，大踏步走進了咖啡座。

第七章

悄然而至的曖昧情愫

飯店一樓大廳的咖啡座頗大，服務生上前來招呼，高語嵐說朋友已經到了，她找找。

服務生點頭，退了下去。

高語嵐發現一旁的位置上坐著一個女生，那背影有幾分眼熟，但她沒想起是誰。這時，她看到了坐在最裡面的胡天。

高語嵐趕緊快步走過去，說自己來得晚了。

胡天很客氣，很禮貌地說是他唐突了，這麼晚還約她。兩個人都客套了幾句。

胡天是個看起來近四十歲的男子，衣冠楚楚，面容整潔，很有幾分成功男士的味道。他談吐不俗，複試的時候給高語嵐留下了深刻的印象。

兩人寒暄完，很快進入了正題。胡天遞了桌上的一個資料夾給高語嵐看，說是今晚剛跟客戶談完的案子，要在行銷上配合做活動，時間非常趕。

高語嵐認真看完，這活動時間頗長，要求也很高，但預算並不多。高語嵐快速在心裡估算了一下，直言這預算要做到這樣的效果，絕對不夠。

胡天點頭，把自己的一些想法說了。高語嵐認真想著，問了些公司行銷通路上的資源和其他可協調的配合，然後提了自己的構想。說完了，她又補充：「我現在對公司裡的狀況不是太了解，等去上班了，應該很快能上手的。」她心裡想著，這下是不是該跟自己確定上班

的時間了？

胡天不急不忙的，又喝了口咖啡。

他先誇了幾句高語嵐的工作能力，然後問：「高小姐有男朋友了嗎？」

高語嵐搖頭，「胡總請放心，我不會因為私事耽誤工作的，我原來的公司，工作量也很大，加班出差什麼的，也經常有，我適應能力很強的。」

胡天點頭，似乎對高語嵐的表態很滿意。他說了說公司裡的各種福利，包括年終獎金、部門的旅遊活動，還有專案抽成等等。高語嵐聽著，心裡十分嚮往。對方正經跟她談工作，讓她早沒了之前的擔心。她喝了口茶，下意識轉頭找了找尹則，心裡有些小得意，好想讓他知道自己的工作真的很不錯。

她一轉頭，就看到他了。尹則就坐在她的斜後方，竟然是跟她剛才看到有些眼熟的那個背影坐一桌。從高語嵐現在的這個位置，她看到了那個女生的臉，年輕又漂亮，但高語嵐之前沒見過她。對尹則這麼快速又有效率地勾搭上一個小美女，高語嵐心裡有些不是滋味。

「高小姐。」這邊胡天喚了一句，高語嵐趕緊轉過頭來。

「高小姐覺得我們公司怎麼樣？」

高語嵐忙道：「我非常希望能去公司上班，跟著胡總能多學些東西，希望公司這邊能給

我這個機會。剛才那個案子，我有信心一定能做好。」

胡天點點頭，「高小姐的業務能力和經驗都不錯，我也很滿意，但那天妳走後，又來了一位複試的，她的條件也相當不錯，而且薪水要求比高小姐低。」

高語嵐心裡咯噔一下，忙說：「胡總，薪水這方面，我的要求也不是死的。公司有公司的考量，我都理解，如果只是薪水有異議，我可以看公司的安排。」

胡天笑笑，拍拍高語嵐的手背，「別緊張，我們又不是小公司，不會在意那點薪水。最重要的是招進來的員工要好用，能做事，聽話。」

高語嵐連連點頭，「胡總，我做企劃好幾年了，大案子都做過，對行銷和資源整合也很有想法，成本控制和可執行方面，我也有經驗。」她努力推銷著自己，真心希望能得到這份工作。

胡天看她有些急切，又拍拍她的手背，說道：「妳放心，兩個人之間，我也是屬意妳的。今晚找妳過來談案子，就是想再多溝通溝通，多了解妳的能力，還有妳的配合度。」

配合度這個詞他說的有些怪，但高語嵐沒多想，她用力點頭，「胡總請放心，我配合度一向是很高的，我一定按胡總的吩咐做事，努力工作，做出成績來，絕不讓胡總為難！」

胡天笑笑，對高語嵐的回答很滿意，他掏出一張房卡擺在桌面上，「高小姐這麼懂事我

就放心了，我想我沒有選錯人。這個案子很急，我們今天晚上可以深入溝通，多討論討論，妳看怎麼樣？」

高語嵐點頭，一邊應好，一邊覺得奇怪，討論工作就討論，他掏出房卡出來是什麼意思？她拿起杯子又喝了一口茶。

胡天看著她的表情，又說：「在506號房，我們是現在上去，還是在這裡多坐一會兒？」

高語嵐坐直了，她隱隱有些明白了，可又有些不明白。

她怕是自己多想，於是問：「胡總住在這裡？在本市沒有租房子嗎？」

胡天眨眨眼睛，笑笑，「我有房子，不過在飯店會方便一些。」

這話還是沒有解開高語嵐的疑惑，她覺得不太對勁，不知道該說什麼，於是坐著沒動。

胡天看著她，慢條斯理地說道：「妳知道，我們公司偶有職位空缺，大家都擠破頭想往裡鑽，人事部每天都會收到許許多多的履歷。高小姐的資歷不錯，外形也很好，如果配合度夠，這工作就一定是妳的。公司裡升遷和加薪有限制，一切的審批都在我。另一位求職者的條件當然也很好，人事部從人力成本角度考慮，建議我用那一個，但妳也知道，用誰不用誰，其實還是我的一句話。」他一邊說，一邊把玩著那張房卡。

這一次高語嵐聽懂了，她只覺得血液直往頭上湧，一股受辱的恥辱感將她淹沒。她活了

二十幾個年頭，雖然年輕，但也不是少不更事。她被冤枉過，被誣陷過，被朋友出賣過，被同事譏笑過，被客戶刁難過，被色狼揩過油，被小人指著鼻子罵過。

但她從來沒有想過，有一天會有一個男人繞著圈子告訴她，如果妳不陪我上床，妳就別想得到這份工作。

高語嵐漲紅了臉，氣得手開始抖，此時胡天手上那銀色的婚戒針一樣的刺痛她的眼睛。這是個已婚男人，這是個成功人士，這是個……禽獸！

她所想到的最壞情況，無非就是這邀約裡還有別的客戶，或者是拉她聊工作後喝喝酒，她怕被人小摸小鬧的占便宜，所以她找了尹則。可她真沒料到，一個看起來人模人樣的公司中高層，會向她提這麼噁心這麼齷齪的要求。

不，這不是要求，這是威脅。

去他娘的王八蛋！

高語嵐很想掀桌，很想把胡天按到地上一頓胖揍，可她什麼都做不了。

她聽到自己的聲音，居然還很冷靜。

「胡總結婚了嗎？」

「結了。」胡天看看手上的婚戒，並不介意說真話。

「貴夫人還健在嗎？」

胡天皺眉頭，「當然。高小姐，我不怕說明白，這事跟情啊愛啊的沒什麼關係，我的家庭還是我的家庭。」

高語嵐心裡燃著一把火，屈辱的感覺越來越強烈。他的家庭還是他的家庭，噁心至極！他把他老婆當什麼了？別人家的好女孩辛苦找工作，認真為生活而努力，到他這裡就是玩物了嗎？

高語嵐咬牙接著問：「胡總缺錢嗎？」

胡天又皺眉，他開始覺得這女孩並不是他以為的那樣好上勾的了。他看出她非常想要這份工作，這種年紀的女生，年輕又不生澀，有需求，肯付出，在社會上混過，知道規矩，能接受就是玩得開的，不能接受的也不會有什麼麻煩，大家各取所需，這樣非常好。

他原以為他的條件能吸引到她。一個小地方來的求職者，再普通不過，想在這大城市立足，哪有這麼容易？所以他認為她應該很好搞定，可她現在這表情，說的這些莫名其妙的話，讓他覺得他想錯了。

高語嵐又說：「胡經理不缺錢吧？這開房間的價，找個收錢陪你的不難吧？你有老婆，又買得起，為什麼還要做這樣噁心沒品的事？」

胡天往後一靠，冷冷地說道：「高小姐對加入敝公司沒有興趣，那真是遺憾。既然如此，還是早點回去休息吧。」

「我對加入貴公司很有興趣，但對陪你上床沒興趣！」高語嵐咬牙，狠狠瞪著他，「你這不知廉恥不要臉的王八蛋，你太太怎麼找了你這麼個玩意兒？你以為女人是靠陪人上床才能有工作的嗎？你以為靠露大腿才能有本事拿獎金的嗎？我告訴你，貴公司很好，我很想去，但是你太讓人噁心了……」她一時也不知該怎麼罵，只氣得喘不上氣來。她拳頭握得緊緊的，憋了半天，猛地站起來，「你這隻臭蟲，真該有人一腳把你踩到牆上去！」

胡天被罵，惱羞成怒，「妳以為妳多清高聖潔，願意跟妳玩玩那是看得起妳！妳這麼有本事，不靠關係不靠人脈，怎麼還找不到工作？玩不起就別想著出來混，別給臉不要臉！這世界現實得很，妳以為妳願意脫就有人願意上了？滾回妳的鄉下等著喝西北風吧，臭婊子！」

高語嵐臉漲得通紅，氣得渾身發抖。她從來沒受過這種侮辱，這麼惡劣這麼低級的侮辱。胡天最後幾句話說得很大聲，好像她是出來賣的，而他才是不願意接受的那個。旁邊兩個女服務生一個勁兒地往這邊看，竊竊私語，瞟過來的目光讓高語嵐想吐。

她只覺得腦袋發暈，眼睛脹痛，她再也忍不住，抓起包包和手機，轉身衝出了咖啡座。淚水終於湧出眼眶，高語嵐羞怒難當，她低頭狂奔，一心只想離開這個噁心的地方。她衝出飯店大門，後頭似乎有人在叫她，她不理，她又是怒又是怕，加快了腳步。

身後猛地有人拉住了她的手腕，高語嵐渾身一顫，放聲大叫。

拉住她的那個人喊著：「嵐嵐，是我，是我！」

高語嵐定睛一看，竟是尹則。

她呆了又呆，好一會兒反應過來了。對了，是尹則，她居然忘了，是尹則送她來的。

她一下子撲到尹則懷裡去，放聲大哭。

尹則抱著她，哄著：「不哭，我都聽到了，我都知道，不哭！」

高語嵐抽抽噎噎，「我只是想找一份工作，我不是出來賣的，他怎麼可以這樣？我只是想找工作，我很認真地工作，我真的一直很努力的。薪水少一點也可以，加班我也從來不埋怨，工作從來不敷衍，也從不亂花公司的錢，出差都挑便宜的飯店住，能坐火車的就不坐飛機，有地鐵的我都不打車，我又沒有犯錯，為什麼開除我……」

她泣不成聲，哭得甚是淒慘，把前情舊帳也拿出來哭訴。

尹則抱著她，一時間也不知道該怎麼哄她才好。

高語嵐哭了一會兒，終於停了下來，尹則掏了面紙出來幫她擦眼淚。

高語嵐眼睛紅紅的，小聲道：「對不起，這麼晚還拖你出來，結果是這種噁心事。」

尹則不說話，高語嵐的眼淚又掉下來了，「我很難過，尹則，我心裡好難過……好噁心，他還罵我，罵得好難聽……」

「我知道，我知道！」尹則又替她擦了擦淚，牽了她的手往回走，「我們回去！」

高語嵐有了依靠，平靜了下來，她像個孩子一樣擦眼淚，還不忘記提醒尹則：「車子停在那一邊。」

「先不取車。」尹則攬過她的肩把她往飯店裡帶，「我們去找那個混蛋。」

高語嵐一聽這話，頓時腳下生根，再不願走了，「我不要去，他好噁心，我不去。」

「嘖！哪能這樣被人欺負？」尹則拖著她走，他力氣大，一下就把她拉動了，「妳不能受了委屈就跑，這樣永遠都會被別人欺負！有我在，妳怕什麼？」

高語嵐的眼淚又滾了下來。

尹則站定，抬高她的臉，抹乾她的淚，說：「妳看著我。」

高語嵐看著他，眼睛哭得潤潤的，看起來好不可憐。

尹則又道：「抬頭挺胸，妳又沒做錯事，慌什麼？」

高語嵐吸吸鼻子，挺直了脊樑。

「對，就這樣！如果生活裡有什麼人或事對妳亂來了，妳就給他一拳。要哭也等揍完那

混蛋再哭，知不知道？」

高語嵐點頭。尹則拉著她，朝咖啡座的方向走去。走到那裡，看到角落裡的胡天正跟服務生結帳。他還沒走，正好！

尹則左右一看，拿起櫃臺上一個冰桶交給高語嵐。那桶子裡是大半桶冰塊和水。

高語嵐接過，低頭看看，又抬眼看看尹則。

尹則朝胡天那個方向一擺頭，「去，自己動手！妳總得放開膽子，對付人渣不用手軟，不用怕，有我在！」

高語嵐一咬牙，抱著冰塊桶就過去了。

胡天剛付完帳，服務生離開，他還沒站起身來，卻見已經離開的高語嵐衝過來。胡天皺了眉頭，還沒來得及反應，忽地一桶冰塊加水兜頭淋下。胡天慘叫一聲，被砸得稀裡嘩啦。

高語嵐一邊潑他一邊罵：「你這變態！臭流氓！畜生！衣冠禽獸……」

胡天怒叫，跳起來就要朝高語嵐動手，可他剛動彈，臉上就狠狠挨了一拳。

這一拳極重，胡天被打翻撞到旁邊另一個桌子。他眼前一花，領子被人揪了起來。另一拳又揍了過來，這第二拳，將他打倒在地上。

一旁有人尖叫，有人喊保全。遠處兩個穿著保全制服的人正跑過來，高語嵐緊張得心跳

加速，尹則卻是不慌不忙，上前一步將罵罵咧咧要還手的胡天拎了起來，冷著聲音對他說：

「你聽著，我不會放過你的！」

也許是他氣場強大，壓得胡天怔住，一時沒了反應。

尹則將他隨手一甩，轉身過來牽著高語嵐離開。

高語嵐回頭看，保全把胡天扶起來，不知在說什麼。

高語嵐有些擔心，「他會不會讓保全抓我們？會不會報警？」

「不會。」尹則老神在在，「他以為妳好欺負，結果妳轉頭帶了人來揍他。他不知道妳到底什麼底細，再加上他作賊心虛，這事他不敢張揚。飯店這邊更是多一事不如少一事，他們也要做生意顧臉面。」

他說著話，把高語嵐帶上了車子。這一路也沒人攔，沒人追他們，高語嵐心裡稍稍安定下來。尹則把高語嵐的電話拿出來看了看，幫她掛上了電話，然後他啟動車子，帶著她離開了這個地方。

車窗外，街燈璀璨，高樓大廈的裝飾燈也閃著光輝，映亮了整個城市。

這是個繁華的城市，就連夜景都很漂亮。

高語嵐想起胡天說的話：「玩不起就別想著出來混，別給臉不要臉！這世界現實得很，

妳以為妳願意脫就有人願意上了？滾回妳的鄉下等著喝西北風吧……」

高語嵐又有些想哭，當初她要是勇敢一點，是不是就不會離開家來這裡了？如果還在家鄉，是不是一切都會不一樣？她想得太天真了，她以為這個城市很美好。

「帶妳去吃東西？」尹則開著車，微轉頭看見她又在悄悄抹眼淚。

高語嵐搖搖頭，堵著嗓子說：「不想吃。」

「帶妳去兜風好不好？」他又問。

這次高語嵐點頭，她現在真的不想回家，想有個人陪陪她。

尹則不說話了，只一圈一圈地開著車。

高語嵐對著車窗發呆，過了好半天，終於發現他們離開了市區。

「這是去哪裡？」

「帶妳去賣。」尹則答得痞痞的。

高語嵐揉揉眼睛，「不信！」

「還哭，眼睛瞎了沒？還能看到我這張英俊瀟灑貌比潘安的臉嗎？」

高語嵐噴笑，嗔道：「尹則，你好討厭！」

車子停下來，尹則探身扳過她的臉，湊近了認真審視，「讓我看看……啊，眼珠子還在，

沒被眼淚沖走……嗯，鼻子也還在，沒被眼淚沖走，嘴巴也還在……」

高語嵐被逗得咯咯地笑。這痞子，真的好討厭。她笑容不停，伸手去推他，尹則不幹，還要看她的眼睛。兩個人推搡糾纏，高語嵐一個用力前推，忽覺唇上一熱，似乎碰到了什麼柔軟的東西。

兩個人都是一僵。

尹則猛地抽回身，大手捂著自己的嘴，拋了個嬌羞眼神過來，「討厭，幹麼偷親人家？」

高語嵐定在那，瞬間石化。

血一點一點地往上湧，湧上了高語嵐的臉，湧上了她的腦子。

她的臉紅通通的，她的腦子暈乎乎的。

剛才，她親了尹則那個討厭鬼？真的嗎？

怎麼回事？她怎麼會這麼不小心？

高語嵐忽然想起她做的那個春夢。那個，她也是不小心的，絕對不是故意的！

她臉紅得幾乎滴血，支支吾吾「我」了半天，最後憋出了一句：「是你的錯覺。」

「我還幻覺呢！」

高語嵐用力點頭，「用幻覺這個詞也可以。」

尹則捂心口作悲痛狀，「妳想不認帳？」

「你自己都說是幻覺，哪有什麼帳可認？」高語嵐抬頭挺胸，力圖鎮定，拍拍尹則的肩，「小夥子，要從容些！」

尹則盯著她看，看得她覺得臉在燒，可她不能捂臉，不能示弱。什麼都沒發生！什麼都沒發生！她幫自己洗腦，也回望著他。

尹則捂著心口又說：「哦，我的心傷透了，我要下去冷靜一下。」

他說完，當真推開車門下去了。

高語嵐看著他的背影，舒了口氣，靠在車座椅背上，心裡暗自感謝尹則。她很難過，他就搗亂讓她開心。她很尷尬害羞，他就裝躲避給她空間平復心情。

其實，他真的是一個很好很好的人。

高語嵐想著，春夢和剛才唇上的觸感又冒了出來。這次車裡沒別人了，她可以捂著臉在心裡吶喊：她不是故意的，她真的不是故意的！

躲殼裡好半天，突然車窗被人敲了兩下。高語嵐嚇一跳，放開手抬眼一看，是尹則在車外頭對她笑。他拉開車門，把她拉下來，「妳把自己悶死沒？沒死就出來看星星。」

車外很涼快，青草的味道混著花香，沁人心肺。

高語嵐深深吸一大口氣，覺得整個人輕鬆不少。

「哪裡有星星？」仰頭看天上，只有月亮，沒有星星。

「看這邊。」尹則拉她走到柵欄邊。這是一處山頭觀景台，往下看，全城的夜色盡收眼底。山下星星點點的燈光，夜色之下只覺璀璨奪目。

「它越漂亮，我卻覺得它離我越遠。」高語嵐看著這美麗的夜景，卻沒有高興欣喜的感覺。這個城市，真的適合她嗎？

「那妳當初為什麼來這裡？」

高語嵐撇撇嘴。

尹則笑笑，「來來，今天我捨命陪君子，當妳的情緒垃圾桶！」他從後車廂拿出兩罐啤酒，又拿了兩瓶礦泉水，在山坡邊的一個大石頭上坐下。他把啤酒擺在地上，和高語嵐一人一瓶礦泉水。

高語嵐坐他身邊，看看手上的礦泉水，看看啤酒，「我想喝酒。」心情不好的時候，喝點小酒好像不錯。

「不行，這酒就是擺來看的，裝飾用，這樣我們可以假裝在喝酒。我要開車，不能喝，而妳呢，酒量差，喝醉了愛打人，萬一把我踹下山去，妳心疼死怎麼辦？」

「才不會！」

「不會踹我下山，還是不會心疼？」尹則眨眨眼睛，痞相畢露。

「兩樣都不會！」高語嵐白他一眼。

尹則哈哈笑。高語嵐舒口氣，打開礦泉水喝了一口。好吧，就當自己在喝酒。她看著山下的燈光發呆，過了一會兒，問道：「尹則，你有沒有談過戀愛？」

「幹麼，打聽我喔？我都三十了，當然談過，不過我現在絕對單身，乾乾淨淨，絕沒有半點糾纏，就等著妳臨幸呢！」

他又開她玩笑，高語嵐裝聽不見，又問：「那你初戀是什麼樣的？」

尹則看看她，說道：「妳保證打聽完我的戀愛史不會拋棄我，我才要告訴妳。」

「別搗亂！」高語嵐拍他。

「好嘛，說就說。」尹則又喝一口酒，「高中的時候。」

「高幾？」

「高二吧。」尹則認真想想。

「我高一，比你早一年。」高語嵐看著燈光，想起往事。

「哦，月亮啊！」尹則伸臂向上，對著天空喊話：「這女人故意氣我，嫉妒燒了我的心，

這裡沒法待了，帶我走吧！」

「別鬧！」高語嵐被他逗笑，拍他手臂，「你好討厭！」

「哦……」尹則捂臉，「她還說人家討厭！」

「喂……」高語嵐又拍他，好不容易傷感一下，他就會破壞氣氛。

尹則放開手哈哈笑，「好了，好了，妳繼續說！」

「什麼我繼續說？是你繼續說。後來呢？你們為什麼沒在一起？」

「後來我大一的時候，我爸媽過世，我老爸那邊的財產問題弄得一團亂。他雖然跟我媽離婚了，但我們的學費、生活費都是他負責的，他一過世，我們突然之間就拿不到錢了。加上我媽的喪葬費什麼的，家裡的積蓄一下子就沒了。我只好休學去打工。妳知道的，我一開始找不到好工作，前途迷茫，也不可能再回學校念書。我那時候的女朋友，接受不了我這邊的變化，我又很忙很煩，沒辦法再照顧她的感受，所以就分手了。」

高語嵐看著他，覺得眼眶發熱，「尹則，你好堅強！」

尹則嘻嘻笑，「妳誇我哦，好感動！月亮啊，不用帶我走了，這裡挺好的！」

高語嵐被他逗得又好氣又好笑，「哎，跟你說正經的呢，你不要搗亂！」

「好好，正經的。」尹則晃晃手裡的礦泉水瓶，「那時候，其實挺絕望的，如果不是我

姊姊在，也許我今天不會這樣。」

「尹寧姊做了什麼？」

「她什麼都不用做。只是她的存在告訴我，我還有家人要照顧。我姊這種小女人，傻傻的，得有人讓她依靠。我要是不努力一點，她就會受苦。我流浪街頭當混混沒事，我姊是女孩子，她那時大三了，差一年就能畢業，不能讓她像我一樣，什麼都沒得到。男人嘛，在被需要的時候，總是會堅強起來的。」

「可我需要他的時候，他沒有讓我依靠。」高語嵐小小聲說，聲音裡透露出難過。她看看地上的啤酒，再一次說：「我想喝。」

尹則這次沒拒絕，他打開一罐，遞過去。高語嵐咕嘟灌了自己好幾口，說道：「我和我男朋友，從高一開始談戀愛。一開始的時候瞞著家裡，一直到了高三的時候，被學校發現了，通知了我爸媽。那時候，學校和家裡的目標都是讓我們考上好大學，聽說談戀愛，當然就極力反對。他家裡、我家裡，還有學校，都逼著我們分手。那段時間我們很痛苦，做了很多掙扎，我們堅決不分手。後來家裡實在沒辦法，我向他們保證，一定要考個好學校，不會讓他們失望，我爸媽才最終答應了。」

高語嵐說到這裡，又灌了幾口酒。

「我很努力，最後考上了隔壁市的大學，那是我爸媽想讓我上的第一志願，但是我男朋友只考上了本地的學校。他家裡埋怨，是我拖累了他的成績，但他跟我說沒關係，只是我們要分開，異地戀愛，他很不放心，他要求我畢業後回去，我答應了。」

高語嵐又喝了一口酒。

「我在大學裡很努力念書，也很想念他。我每隔兩三天就打電話給他，只要有時間，每天晚上都會在網上聊幾句。就這樣到了大四那一年，要畢業了，我回家鄉找工作。有一個男同學也想去我們家鄉工作，就跟我一起回去了。同學四年，交情不錯，人家遠來是客，我就認真招待他，幫他找旅館，帶他認識我的朋友，包括我的男朋友。那個時候有風言風語，我並不知道，我當時只是很開心，我想我回來了，馬上就能跟我男朋友一起生活了，我們說好畢業了找到工作就結婚。」

她說著說著，眼淚流了下來。

「可是，有一天，我那男同學約我和我的朋友們去唱卡拉 OK，說他的工作有眉目了，想找朋友慶祝。我就去了，大家唱歌唱得很開心，我去廁所，回來看到他在包廂門口站著，我就過去問他怎麼了，他忽然抱著我吻我。我還沒明白怎麼回事，就聽到我男朋友的叫聲，然後他把我們倆扯開了，我還沒說話，一個耳光就扇了過來。」

她的淚一直流，今晚似乎特別容易哭。

尹則伸出手臂把她摟在懷裡，她嗚嗚地哭出來了，「所有的朋友都出來看，我男朋友大聲罵，說早覺得我們不對勁，說我犯賤腳踏兩隻船，然後我那個男同學居然說，他這次回來就是想跟我男朋友說清楚，說他也喜歡我，他希望我男朋友能放手。我整個人傻在那，完全不敢相信。我想為自己辯解，結果我的一個好朋友，可以說得上是閨蜜的那種朋友，突然說早勸過我不要移情別戀，說我早變了心，還跟她說過喜歡別人，說我不聽她的勸。他們一個個演得都很好，說的都是沒有發生過的事，我不知道該怎麼辦。我嘴笨，我只能對我男朋友說，希望他相信我，我沒有這樣。」

「可他不信妳。」尹則心疼地幫她抹眼淚。

「他不信我，他罵我。」高語嵐委屈得不行，哇哇大哭，「那件事後，所有的朋友都疏遠我，我沒辦法解釋。我們家鄉小，我們又是同學，他的朋友就是我的朋友，大家都認為是我的錯，所以都站在他那邊，說他為了我付出了這麼多，到頭來我上了好學校就勾搭了別的男生。」

「而妳那個大學同學，是因為喜歡妳，想藉機讓你們分手，他好補上位置是不是？」

「他是這麼說的，他說他沒想到事情會鬧成這樣。」高語嵐揉揉眼睛搖頭，「可是我不

喜歡他，我就當他是好朋友而已。」

「妳那說謊的閨蜜呢？」

「後來她跟我男朋友結婚了。」高語嵐吸吸鼻子，全說出來，心裡真是舒服多了。

尹則掏出張面紙幫她擦臉，「那就是一對賤人啊，妳為了那些賤人掉眼淚，妳真是笨蛋！」

「過去幾年了，我早就不為這事哭了，今天就是碰到噁心事，我心裡難受才會哭的。」

她抬眼看尹則，她的眼睛哭得水潤潤的，鼻頭紅通通的，尹則伸手撥開她臉頰旁的髮，「哭得醜死了！」

「你也不帥！」高語嵐發洩完神緒，這會兒又有精神了。

「妳的眼睛果然哭壞了！」尹則擺出一副驚悚的表情來，「我明明帥得人神共憤，月亮都捨不得移開目光。看，它一直照在我身上，這樣妳還看不到我的帥？」

高語嵐噗哧一下笑了。

尹則捧臉遞到她面前，「妳看看，仔細看，認真看一下，帥呆了有沒有？」

高語嵐忍不住哈哈大笑，伸手推開他的臉。尹則也笑，笑得眼睛很亮，嘴角彎彎的。他的臉靠她很近，月光真的灑在他身上，四周青草綠樹小野花，氣氛好得不得了。

他的臉與她近在咫尺，他的呼吸似乎噴到了她的臉上。她聞到他身上清爽好聞的味道，她又想起了那個夢，他把她壓在牆上，頭低下來，吻在她的唇上……

糟糕，她的心跳得好快，為什麼他這張臉越看越順眼？為什麼她總想起亂七八糟的夢？他越看越帥，越看越招人喜歡？怎麼辦怎麼辦？

高語嵐情急之下，果斷出手。

要破壞掉，破壞掉，堅決要破壞掉！

她兩隻手掐住尹則的臉，一左一右用力拉。

俊臉頓時變餅臉！

呼，好醜！這樣心裡舒坦多了！

大餅臉尹老闆突遭毒手，一下子僵在那，什麼狗屁濃情蜜意全被這突如其來的襲擊搞懵了。

尹則哇哇大叫：「月亮啊，看見沒有，這女人太狠了，她欺負人，她欺負帥哥！」

高語嵐其實也被自己的行為嚇一跳，但尹則這麼一喊，她倒是坦然了。

嗯，對方是尹則這搗蛋鬼呢，對他做什麼都不過分！

「妳太過分了！」她才想著對他做什麼都不過分，尹則就叫喚開了：「我工作這麼辛苦，

晚上回來還當司機陪妳去約會，看妳心情不好，還帶妳兜風看風景。現在大半夜的，我還兼著當解語花聽妳講心事吐苦水，妳享受完了我溫馨深情的服務，就對我下毒手！」他一句句地控訴，就差聲淚俱下了，「哦，妳的心腸怎麼這麼狠？最毒嵐嵐心啊！」

雖然尹則的表演有一點誇張，但他說的卻是句句實話，高語嵐頓時覺得內疚起來，可她又解釋不清楚自己到底為什麼要去掐尹則的臉，支吾半天，只好連聲說：「對不起，對不起嘛！」

尹則撇著嘴，揉著自己的臉蛋，「一句對不起就沒事了嗎？如果壞人都像妳一樣，警察的薪水都白拿了。」

高語嵐眨眨眼，想了想才反應過來他的意思是說，要是壞人都說對不起就行，警察就會很閒，白拿薪水。高語嵐有些想笑，又想嘆氣，好好的一句話，他非得說得那麼繞。

「好嘛，不說對不起了，回頭請你吃飯。」

「請我吃飯？妳知道我是幹什麼的嗎？我是開餐廳的。妳請一個餐廳老闆吃飯，那是得多沒誠意？」

「那你要怎麼樣？」高語嵐嬌嗔：「讓你掐回來？」

「不要！男子漢大丈夫，怎麼能做這麼幼稚的事？最重要的是，掐臉一點成就感都沒

有！」

高語嵐嘟嘴不樂意了，「你才幼稚！」

尹則嘻嘻笑，腆著臉靠緊高語嵐，用肩膀撞撞她，「哎，妳說我今天幫妳的忙，妳會重謝我的，是吧？」

高語嵐的心怦怦跳，「你要怎麼謝？」又補一句：「不能太花錢的，我沒工作，沒錢。」

「沒錢？沒錢好啊！」尹則摸下巴，「古代女子要報恩，沒錢的話，一般就那什麼……」

「什麼？」高語嵐斜眼瞪他，「以身相許？」他要敢說是，她真的會踹他下山。

「不不，以身相許這麼俗氣的事，還是讓我來做就好。」尹則笑得眼睛賊亮賊亮的，「妳以心相許就行。」

高語嵐在他的注視下紅了臉，咬咬唇說：「你又戲弄我，以心相許你的頭！你自己說，你陪我去飯店，一眨眼的功夫就勾搭上一個小美女，那是怎麼回事？」

「哦，那是我妹妹。」尹則一點不心虛，說話都不過腦的。

「乾妹妹？表妹？好妹妹？」還妹妹咧，真會編！

尹則沒答話，反而用力吸了吸空氣，認真問：「妳有沒有聞到，有股奇怪的氣味？」

高語嵐嚇一跳，也跟著用力聞，「沒有啊，跟剛才沒什麼不同！什麼氣味，難道有東西燒著了？」她趕緊回身看車子，不會車子那燒了什麼東西吧？

尹則把她扳回來，認真說：「就在這裡，妳再聞聞，有點酸酸的。」

高語嵐認真聞，還湊近了往尹則身上聞，還是沒聞到。

尹則說道：「酸酸的，好像有人剛才喝了醋，聞不到嗎？」

「沒聞到。」高語嵐回答完了才醒悟過來，一拳就打過去，「又戲弄我，你真討厭！」

尹則哈哈大笑，挨了她這一拳很是高興，他揉揉高語嵐的頭，「那真是我妹妹，同父異母的妹妹。我父母離婚了，她是我爸跟他另一個老婆生的。」

高語嵐張大嘴，很驚訝，竟然這麼巧。

緊接著，她又想起另一件事，「那、那……我在你妹妹面前丟人了？」

尹則笑，「沒有，你們吵開之前她就走了。」

「哦哦，那就好，不然讓她看到我們打人，多不好。」

「這有什麼？」尹則晃晃腿，「她又不是第一次看到我打架。」

「你為什麼這麼會打架？」

「從小就有練！」尹則比劃了一下胳膊，並不著急把話題轉回去。

「你是說你從小就調皮搗蛋愛打架？」高語嵐對聊尹則的事很有興趣。

「哪有搗蛋？我每次打架都是有正當理由的。」

「不信！」高語嵐咯咯笑，這人長到三十歲了還古靈精怪的，小時候肯定調皮得讓大人頭疼，「你舉個例子。」

「比如說蒙古大夫嘲笑我的名字，我就嘲笑回去，然後就打了一架。」

「你的名字有什麼好笑的？」

「他說是淫賊。」

「……」高語嵐拚命忍笑，她要是覺得孟古說得挺對的，淫賊先生會有意見嗎？算了算了，換個安全的話題，「你們是同學喔？」

「對，我跟蒙古大夫和雷風警官國中高中都同班，我們就是打架打成死黨的。」

「跟雷風警官也打嗎？」

「對，揍他揍得最多。」

「為什麼？」

「他小時候可欠揍了。我跟他第一次打架，是我的鋼筆掉了，他邁過去，都不幫我撿，我就揍他了。」

「你這麼壞？哪有這樣就打人的？」

「小時候哪管好壞，我當時就想著，靠，死小子，叫雷鋒也不助人為樂！」

高語嵐哈哈大笑，「其實是你最欠揍吧？」

「喂，喂，有這樣說妳恩人的嗎？」看她笑得如花燦爛，月光下映出粉頰微紅，尹則有些心動，湊過去，想著再好好討論討論身心相許之事，還沒開口，高語嵐忽然叫道：「對了，我差點忘了。」

尹則嚇一跳，「什麼？」

「那個……」高語嵐有些不好意思，但受人之託，也只好硬著頭皮問了：「孟古大夫和雷風警官，他們有沒有女朋友？」

尹則眼一瞪，「幹麼？」

「就是……問一問嘛，打聽一下。」

「打聽來做什麼？」

「還能做什麼，你就告訴我有沒有。」

「妳問的，還是別人問的？」

高語嵐咬咬唇，心裡想著要不要供出陳若雨，萬一這事沒機會，尹則又去跟那兩個人說了，陳若雨會尷尬的。

尹則看她那樣，哼了一聲，說：「陳若雨是不是？」她身邊的女性朋友，見過孟古和雷風的，就只有那個陳若雨了，不是她還能有誰？

高語嵐一看被識破，只得點點頭，但還是努力幫陳若雨說話：「她就是想了解一下，她沒有惡意，不會做什麼不好的事。」她看看尹則的表情，又說：「你知道，孟古大夫和雷風警官年輕有為，一表人才，條件很不錯，有人想打聽想認識，也是正常的。」

「那我呢？」尹則一臉不高興。

「她沒打聽你。」

「我稀罕她打聽呢！」尹則更不高興，她會誇孟古和雷風，輪到他了就說人家沒打聽，那是說他不如那兩個傢伙？

尹則心裡鬱悶了，他這麼耐心，一晚上才騙得個輕得不能再輕的唇瓣觸碰，想行動又總是被她打亂，要是他再等下去，會不會她這傢伙跟那白目陳若雨聊孟古和雷風聊多了，真覺得他們比他好？還有那個什麼郭秋晨，不得不防啊！

尹則想到這個，長嘆一聲。

他這段時間忙得要死，偏偏敵情危急，逼急了會不會適得其反？不加緊會不會又錯過？

「尹則？」高語嵐不知道他怎麼了。

「那個陳若雨，妳當年被陷害冤枉的時候，她有沒有做什麼？」

「沒有。後來我找了機會想跟大家解釋，她想幫我說話來著，但那時其他人一鬧，她也不好說什麼。」

「於是妳孤軍奮戰？」

「我戰不起，就逃跑了。」高語嵐抿抿嘴，尹則說的對，她就是個包子，「後來我收到若雨的一條簡訊，她說對不起。再後來，我知道她跟我那個閨蜜也不來往了，原本我們三個是高中時候最要好的朋友。」

高語嵐想想，問道：「你幹麼問這個？」

「我看看陳若雨那傢伙有沒有對不起妳，才決定要不要幫她問問孟古的意思。雷風那傢伙快結婚了，沒戲。」

「啊？別別，若雨還沒有想好，你一說，多尷尬！」高語嵐嚇一跳。

「不說是陳若雨，就問孟古現在什麼情況什麼打算，我哪知道人家現在有沒有對象？」

「你跟他不是好朋友嗎？連人家是不是單身都不知道？」

「表面上單身，說不定人家心裡有意中人。像我這樣的，就是這情況。」

高語嵐張大了嘴，心又開始怦怦亂跳了。

尹則看她傻呆傻呆的模樣就來氣，用肩膀撞她一下，「快問我意中人是誰！」

「那個……你說我們把胡天揍了，他會不會報復？」

轉移話題？所以其實她心裡有數？

尹則微瞇眼，惡狠狠地瞪她。

高語嵐猛地跳起來，「好晚了，我們快回去吧，明天還要上班呢！」她一路疾奔，恨不得馬上衝上車，車子自動會開，瞬間到家躲床上自己害羞去。

可她剛跑到車子旁，尹則已經趕了過來，他一把將她拉住，扳過身來，按在車身上。他的雙臂圈著她，將她困在他的臂彎裡。此情此景，他要再不行動，他就是傻子。

「妳臉紅什麼？」紅得連耳根子都成粉色了。

「哪有？」她勉強開口，頭都不抬，只盯著他襯衫的扣子看。

「妳在害羞，妳知道我的意中人是誰？」

「不不，我不知道！」高語嵐咬著唇，心快要跳出胸膛。他又在戲弄她，對不對？不然怎麼可能？他們倆相處的時間這麼短，剛認識的時候甚至談不上關係融洽，他一天到晚沒個正經，所以他是戲弄她的，對不對？

她不相信，可她心亂跳，有些竊喜有些甜蜜，這是怎麼回事？

尹則在她頭頂嘆氣，「妳真的是那個高一就開始早戀的人嗎？沒騙我嗎？」

說她騙人？高語嵐一聽急了，抬頭瞪他，「我才不騙人呢！」

這一抬眼，卻是看見尹則眉眼含笑，盯著她的眼睛，輕聲說：「喂，別裝傻，讓我追妳！」

裝傻這種事，是需要臉皮的。

雖然高語嵐的臉皮薄，但事實證明，逼急了，包子也會變傻子。

「這……這是個需要智慧的問題，現在太晚了，那什麼，突然很睏，也不知怎麼回事……」

在尹則的瞪視下，高語嵐的話越說越小聲。這麼沒底氣的傻子，顯然傻得不夠成功。

「總之，事情就這麼定了！」尹先生斬釘截鐵。

包子小姐這下子是真傻了，定什麼？

尹則看她犯呆的樣子，忽然笑了，湊過來「啵」的一下，印在她的唇上。

「蓋章，搞定！」

對付傻子的辦法就是比她更傻，比如看不懂、沒同意什麼的。

要論臉皮厚，尹則先生相當有優勢。

直到車子開上半路，高語嵐才想到她該抗議：「我什麼都沒答應！」

「妳不是睏了？這麼需要智慧的問題，妳就不要參與討論了。」

不用參與討論？那他到底是要追誰？

這一晚，高語嵐失眠了，她的腦子裡全是尹則。

第八章

小蝦米大反擊

尹則說要追她，一定是他喜歡她的意思，對吧？

可他是什麼時候開始喜歡她的？她怎麼一點都沒感覺到？

那她喜歡他嗎？她應該是討厭他的吧？不，也不是討厭，她當他是朋友，只是他說話總讓人生氣，所以她也有些弄不清，只知道她現在有些喜悅又有些害羞。

高語嵐一聲哀嚎，用被子捂著腦袋。

女孩子有人追一定是會得意的，她只是跟其他人一樣，虛榮了一點。

她才沒有喜歡那個無賴，絕對沒有！

一定是她太久沒有談戀愛的緣故，一定是的！

高語嵐腦袋裡亂七八糟，迷迷糊糊地終於睡了過去。

第二天，高語嵐睡了個大懶覺，明明醒了，卻賴在床上不想起。賴得實在躺不下去了，拿起手機看時間，卻看到上面有一條簡訊，名字是尹則。上面只有簡單的一句話：「為表明追求的誠意，我是來道早安的。啵！這是早安吻。」

高語嵐的手機差點失手摔了。

還早安吻咧，這傢伙的臉皮到底是什麼做的？

她又看了一遍簡訊，有些想笑，然後她真的笑了，她想像著尹則那一臉無賴嘟嘴的樣子，

一定很滑稽。

她決定不回他的簡訊，讓他自己玩。

這簡訊讓高語嵐一上午心情都很好，她洗漱的時候甚至還哼起了歌。

中午的時候，尹則餐廳的一名服務生敲開了高語嵐的家門。

他交給高語嵐一個信封和一只精緻的小木桶，說是老闆讓他送過來的。

高語嵐一頭霧水，接了東西送走服務生，打開木桶蓋子一看，裡面分層裝了飯菜，看起來美味又可口。高語嵐頓時發覺自己餓了，但她還是忍耐了一下，先打開了那封信。

信裡有一張明信片，正面是餐廳的餐點照片，背面寫了字。

「請注意，追求攻勢第一波來襲。」

這龍飛鳳舞的第一行字就讓高語嵐笑了。

接下去還有一行字，寫的是：「我想做妳的飯票，妳願做我的飯桶嗎？」

噗哧一下，高語嵐噴笑出聲，忍不住倒在沙發上哈哈大笑起來。

飯桶？他才飯桶咧！

這什麼破攻勢，分明是亂來！

高語嵐越想越好笑，最後笑夠了，決定不理他。不打電話，不發簡訊，什麼反應都不給他。然後她抱著那個飯桶，把裡面的飯菜全吃光了。

味道很好，她吃得心滿意足。

這天，高語嵐的精神相當飽滿。她以為她該煩惱很多事，比如那份好工作沒戲了，比如她被那個胡天噁心到了，又比如對尹則所謂的追求該怎麼辦。

可結果她一點都不煩，她心情愉快地打掃了房子，刷完馬桶拖地板，拖完地板洗飯桶。越洗越開心，越看那飯桶越喜歡，做工還真是挺精緻的，外形很漂亮。

她正抱著洗乾淨的飯桶左摸右摸，門鈴響了。

這次來的是尹則本尊。

尹則笑嘻嘻的，「我等很久了，妳都沒有發簡訊調戲我！」

高語嵐臉皮抽了抽，「你對我的期望還真高。」

「既然妳不發簡訊，我就只好把我自己送過來了。」

高語嵐一呆，這種理由他也說得出口？

她清了清喉嚨，誠心建議：「要不，你先回去，我的簡訊隨後就到，如何？」

「我這會兒又不稀罕簡訊了。」尹則繼續微笑，上下一打量高語嵐，說道：「妳換身衣服，我們出去。」

第八章

小蝦米大反擊

「去哪裡？」高語嵐有些防備，他要是說約會，她一定要大聲說「不」。

可尹則說的是：「行俠仗義去。」

這是新式勾搭法？

尹則看著高語嵐的表情，又笑了，「我們去胡天的公司教訓他，要求公司必須對他進行懲處，妳敢嗎？」

高語嵐猶豫了，她還真有些不敢。

「昨天晚上若不是我在，妳豈不是白白被他噁心羞辱？要是再軟弱一點的女孩子，被他恐嚇威脅就屈從了又怎麼辦？難道妳要看著那混蛋若無其事地繼續做這種噁心事，讓別的女孩子落進他的狼爪？」

高語嵐一提氣，這當然不行。

尹則推推她，「去，換身衣服，打扮得精神一點，我們找他算帳去。」

尹則雖然嘻皮笑臉，卻是個強勢的人。他話裡的語氣讓高語嵐不由自主地聽從他的意思，換了身亮色的漂亮衣服，甚至還稍微化了淡妝，然後就跟著尹則走了。

尹則在路上告訴高語嵐，他昨天晚上用手機錄了音，對胡天那傢伙的醜行有證據，但他也說這事因為沒有發生實質性的傷害，話也說得隱晦，如果走法律途徑，耗時耗力不說，也

沒有勝算。而這事對女孩子這邊沒什麼好處，所以他決定先去公司揭開胡天的臉皮，看事態最後的發展，再由高語嵐決定要怎麼辦。

讓她決定？高語嵐挺了挺脊樑。雖然心裡直打鼓，但她也非常贊同胡天這人做這種事已不是初犯，不能姑息他。

儘管這麼想，到了那公司樓下，高語嵐還是膽怯了。這種上門踢館的事，她可是從來沒有做過。雖然她是受害者，雖然她占理，但她還是覺得沒底氣。

尹則停了車，沒催她，只靜靜看著她，像是在等她做決定。高語嵐深呼吸幾口氣，在他的目光下為自己壯了壯膽，想了想昨晚的事，不能讓那王八蛋接著這麼幹。

「你……會陪著我上去的，對吧？」

「當然。」尹則點頭。

高語嵐牙一咬，心一橫，「那我們走！」

兩人直直進了電梯，走進了那公司的大門。

「我們是來投訴胡天行為不端，對女職員性騷擾的。」尹則笑嘻嘻地與櫃檯接待的女孩說著，那語氣好像在說我是來談筆大生意似的。

櫃檯小姐愣了愣才反應過來尹則的話，她驚訝地張大了嘴，轉頭看了看高語嵐，她還記得高語嵐來面試過。

高語嵐抿緊嘴，垂下眼睛，不敢看那櫃檯小姐。她硬著頭皮沒有跑，聽尹則跟對方在交涉。

最後，櫃檯小姐架不住尹則的攻勢，把人事經理請了出來。

人事經理看到高語嵐吃了一驚，聽到櫃檯小姐說了事由更大吃一驚。她把高語嵐和尹則請到了最裡面的會客室，關上了門，顯然不想驚動其他人。

「胡總監今天請假沒來上班。」人事經理努力保持說話的風度，微笑地說：「有什麼事是我可以幫你們的？」

「妳是他親戚？」尹則不客氣地問。

人事經理一愣，「當然不是。」

「那妳為什麼要幫他說謊？」尹則直接戳穿她，很不給面子，「我打過電話問清楚才來的，今天你們有主管會議，胡天必須參加，所以他雖然昨晚被我打腫了臉，但今天還是得來上班。」

人事經理臉色一變，尹則聳聳肩，「裝成客戶打個電話過來，就什麼都能問到，妳別把我們當傻子。」

人事經理剛要說話，尹則又說了：「妳先別說話，先聽我說。昨晚深夜，你們公司的胡天打電話給嵐嵐，說有公事要找她討論，約她去了酒店下面的咖啡廳。但實際上，他用公事做藉口，威脅嵐嵐如果不跟他去開房間，他就讓她得不到這份工作。嵐嵐拒絕了，可胡天不知廉恥臭不要臉的還反罵嵐嵐。這種不以為恥反以為榮的流氓行徑下流品格我們實在是無法容忍，也不能讓他用你們的工作為籌碼繼續禍害其他女人，所以今天才來這裡。妳看，這事你們公司要怎麼處理？」

人事經理聽完了，和藹地說道：「這位先生、高小姐，胡總監在公司的表現一向很好，言行舉止沒什麼不雅，品行也很端正，我們不能因為二位突然上門指控就對他懷疑和處理，這對他也很不公平，對不對？再說了，每年來我們公司應聘的人都不少，如果每個應聘不成功的人都來指控我們的中高層品德有問題，那我們公司就沒法營運了。」

尹則笑笑，很冷靜地問：「那是不是嵐嵐應聘沒成功，你們公司沒看上她？」

「公司方面確實選擇了另一位求職者。」

「是今天決定的嗎？」

人事經理愣了愣，「決定錄用的時間與你們沒什麼關係。」

「是嗎？」尹則又笑，「我怎麼就覺得大有關係呢？如果是今天決定錄用的，那表示胡

天昨天用這個職位來做籌碼要求開房間是意圖誘姦，如果是之前就決定錄用別人，那他昨晚的行為是意圖騙姦，有差別的。」

人事經理聽得一呆，終於忍不住皺起了眉頭，「這位先生，請你說話放尊重些。下班時間，無論胡總監做什麼都是他個人的行為，與公司無關。再說了，如果真的是胡總監約高小姐出去，還說討論工作，正常女孩也不會巴巴地跑去飯店吧？這種事，說得不好聽，誰知道是誰約誰呢？想要工作的人多了，把事情反著說也不是不可能。」

高語嵐聽到對方反咬一口，倒吸一口冷氣，氣得「騰」的一下漲紅了臉。

尹則拍拍她的手，示意她冷靜，然後他轉頭冷冷地對人事經理道：「我理解妳維護公司的心情，也明白公司需要保護員工的規則，但是，這些都不代表公司需要犧牲原則來包庇人渣。我不管妳跟那個胡天是什麼關係，但很明顯妳明知他有品德和作風上的問題，卻還做他的幫凶。我說了來意，妳卻一點都沒問事情細節，沒追究到底發生了什麼事，只直接否定了我們的控訴。」

「那是你們口說無憑。胡總監是我相當熟悉的同事，我不能因為你們幾句毫無根據的指控就懷疑他，公司也這不會這麼做。我請你們進來坐下談，就已經給了你們相當的尊重。」

尹則一抬手，打斷她的話：「收起這套吧。妳問都沒問，怎麼知道我們毫無根據？妳非

但沒有問，還反咬一口說誰知道是誰主動，對吧？妳請我們進來，是因為妳心裡有數，妳怕事情鬧大了，因為妳知道胡天是什麼德性對不對？之前就有女員工跟妳投訴過被他性騷擾對不對？」

人事經理被問得啞口無言。

尹則又道：「妳不過是個人事經理罷了，犯得著這樣替他擋槍嗎？妳上面應該還有主管，再不行，公司還有總裁、總經理什麼的，或者這樣的事妳上報過，但公司覺得個人品德不重要，最重要的是能為公司賺錢就行，是嗎？」

人事經理壓低聲音道：「先生，這種事就算告上法庭也是個說不清的事。我們公司開門做生意也不想惹麻煩，但我剛才說過了，無憑無據，你們說什麼也沒有用？還是讓我叫胡總監過來與你們對質？這樣鬧得不好看，也讓高小姐顏面無光。」

用顏面無光來嚇唬她？高語嵐原本是很怕這個，如今尹則就坐在她旁邊，她就忍不住大聲反駁：「多謝你為我的顏面考慮，可我覺得胡天下流齷齪才是真不光彩！妳也是女人，妳維護一個欺負女人的流氓才真是沒臉！」

尹則聽得高語嵐這麼說，一挑眉毛，有些驚訝，他對她讚賞地一笑，轉頭對人事經理說道：「要證據嗎？我還真有。」

他拿出個錄音筆，調出檔案，按了播放鍵，打開擴音，昨晚胡天與高語嵐的對話就出來了。雖然有些模糊，但還是能聽清楚在說什麼。

那人事經理聽了，臉色非常難看。

尹則等錄音播完了，又說道：「不要再說什麼嵐嵐想勾引他得到工作的蠢話，就是因為太晚了出門不好，所以嵐嵐才叫上我一起去。而後我與胡天打了一架，飯店裡的服務生都可以作證，所以人證物證俱在，我想你們沒什麼好狡辯的。妳能讓胡天過來對質是最好的，至於我們想怎麼處理，剛才我也說過了，不能再讓胡天用你們公司的工作機會來騙誘威脅女性。妳說下班了員工做什麼是個人行為，可他是在用公司做籌碼來幹這種下流事，他這樣，我都替你們公司覺得噁心。」

人事經理咬緊唇，沒說話。

尹則又說：「如果貴公司決定不處理那個人渣，那我就只好走法律途徑。」

「這種事告了也沒用。」人事經理終於開口，她看了一眼高語嵐，「以前有一個女同事確實投訴過，但公司壓下來了，我也是按公司的要求辦事。」

高語嵐心裡一緊，轉頭看了尹則一眼，尹則卻是胸有成竹地對著人事經理冷笑，「我也不為難妳，只是有幾點妳要跟公司說清楚。在走法律途徑之前，我們需要收集證據，這當然

就包括在網上公開徵集所有曾經被胡天或者是貴公司其他人員騷擾猥褻甚至更嚴重罪行的受害者。你們容得下一個胡天，就能容得下另一個，有一個，有兩個，就會有三個，所以貴公司是個什麼風格作派的地方，公司裡都養了什麼人，我想社會大眾都會很關心。」

人事經理有些傻眼。

「任由男性員工對女性員工性騷擾的公司，也不知合約上、財務上、稅務上是不是也是這麼沒品，我可不保證社會大眾的好奇心會到哪一步。」

人事經理目瞪口呆。

「所有的這一切，都是因為妳沒有及時處理我們的投訴，未能就此事妥善安排及時上報，以及實事求是地向公司提醒事態發展下去的嚴重性。妳覺得，公司會感激妳嗎？」

尹則一句接著一句，頭頭是道，條條有理，高語嵐也聽得一臉佩服。

人才啊，原來貧嘴也能用在正道上！

「這件事抖出來對高小姐也沒什麼好處，我們還是低調處理。」人事經理還在垂死掙扎。

「低調？」尹則一挑眉頭，「像過去被欺負了的女孩一樣，公司要壓下來她們就默默走人或是當沒發生過？是要這樣的低調嗎？」

「畢竟女孩子也是要名譽的。」人事經理看向高語嵐，「我們可以協商個好一些的辦法。」

尹則也看向高語嵐。

高語嵐在他的目光鼓勵下用力點頭，「我不會默默走人或是當沒發生過，什麼條件都不要，我就要那個胡天不能再在這公司欺負女同事了。他如果不受到教訓，還有天理嗎？」

人事經理隱忍著道：「這事我會跟公司好好說的，這份錄音能留給我嗎？」

「可以。」尹則很大方，「備份而已，隨便拿。」

人事經理漲紅臉，尹則卻又說：「今天週五了，大家過個愉快的週末，下週一如果貴公司這邊還沒答覆，我們就等著瞧了。」

人事經理諾諾地應了。

尹則也不久留，拉上高語嵐要走人，沒想到快走到門口，卻正好遇見胡天。

胡天戴著墨鏡，想來是要遮掩尹則拳頭留下的痕跡。他看見高語嵐，臉色一變。

高語嵐見到這人渣也是腦袋一熱，沒等他說話，大聲搶先說道：「胡天，別以為你做過的噁心事就這麼過去了，你這不要臉的臭流氓！年輕女孩子出來找工作賺錢養家，也是帶著尊嚴的！你這下流的爛人，你等著看，不是每個被你欺負的女生都會忍氣吞聲下去！」

這一番話說得威風無比，尹則差點要為她鼓掌。高語嵐昂首挺胸走出大門，進了電梯，重重呼了口氣，頓時萎了。一直到出電梯，她都蔫蔫的沒說話。

尹則看著她，一個勁兒地笑，直笑得高語嵐白他一眼，「怎麼了，我表現得很傻？可是我一看那人就來氣，他還有臉來上班，還一副道貌岸然的樣子，真的好下賤，好噁心！」

「來，來，妳看著我。」尹則笑著對她說。

高語嵐看過去，「怎麼了？」

「認真看我的臉。」

「妳的臉怎麼了？」

「帥氣逼人，對不對？我好心，借給妳看看，洗洗眼睛，看著我就不會覺得噁心了吧？這世界還是很美好的，對吧？」

高語嵐張大了嘴，她不應該驚訝的，尹則的皮厚向來出人意表，但這種厚法還是超出了她的見識之外，「你以為你是六味地黃丸啊，還管治噁心！」

「六味地黃丸？」尹則瞪她，哈哈大笑。

高語嵐頓時閉嘴，她又犯傻了，她每次一暈頭就犯傻。話說六味地黃丸是幹什麼的，她怎麼想不起來？真是治胃的嗎？

「喂，妳真會逗我開心！」尹則拿肩撞撞她，「六味地黃丸是滋陰補腎的，妳是打算把

我吃了，採陽補陰用嗎？」

高語嵐心裡一聲哀嚎，偷眼看到尹則那張得意的臉，心裡為他剛才在對付那人事經理的出色表現所積攢下來的那麼一點點欣賞又全部消失殆盡了。

「尹則，你就不能正經一點嗎？」

「正經的存貨不多，要留著點用的。」尹則嘻皮笑臉，打開了車門。待兩人都坐上車，他又說了：「妳看那胡天表面上夠正經吧？那叫衣冠禽獸。妳以為我不正經嗎？我這叫幽默風趣。」

「你還皮厚！」

尹則瞪她，捂心口裝受傷，可還沒開口說話，高語嵐又說：「還愛捂心口，肯定有心臟病，健康狀況堪憂。」

「妳一定是愛上我了。」尹則道。

換高語嵐瞪他。

「妳對我的欣賞，既全面又深刻。」他說得一本正經，煞有介事。

高語嵐有些想笑，他要無賴的時候她生氣，他裝正經起來她卻想笑。

「妳看，妳還偷笑！」唇角的笑意被尹則抓到，他三八兮兮地下結論：「妳真的愛上我

了，我好激動。」

「才沒有，你想太多！」

「沒有？」

「真的沒有，你完全不是我喜歡的類型！」

「那妳喜歡什麼類型的？」

「斯斯文文的，有禮貌，說話溫柔，就是那種溫文爾雅的。」說的每一點都跟他不一樣。

「小郭先生那樣的？」

「啊？也許吧！」

尹則聽了這話，忽然轉頭盯著她看，不動。

高語嵐在他的目光下發呆，也盯著他看了數秒，看著看著，皺起眉頭，「幹麼？」

「網路上說，男女對視八秒沒眨眼就能愛上了，剛剛我們絕對超過十秒，妳摸摸心肝，它肯定在說愛我。」

高語嵐呆住，張大了嘴，片刻後把嘴緊閉上，真想喊救命。

這種皮厚愛演，張嘴就能胡說八道的人才，到底是哪裡培養出來的啊？

她的表情一定是取悅了尹則，他哈哈大笑，發動車子，開車將她送回家。

這天夜裡，高語嵐沒事幹，早早上床睡覺，卻是躺在床上睡不著。

她忽然想到今天到胡天的公司去踢館，居然一點也沒在她心裡留下什麼陰影，她真的英勇了一回，還不害怕，甚至沒有為它煩惱。

她摸著心口，想著尹則生動又搞怪的表情，笑了。

手機有簡訊的提示音，她拿起來一看，是尹則。

「親愛的，我收到妳的腦電波傳來的思念訊號，特此回應，我也一樣想妳。晚安。啵！」

高語嵐看著簡訊一直笑，這傢伙在哪裡翻的情書大全抄句子。

她笑著笑著，還真睡著了。

第二天中午，高語嵐照例收到了尹則讓人送來的午飯。這次不是飯桶，是很正常但很高檔華麗的木質餐盒，餐盒還附有一個小禮盒。高語嵐打開，禮盒裡面是一個小藥瓶和一張卡片。

藥瓶是「六味地黃丸」，卡片是尹則餐廳的明信片，這次背面寫的是：「我願意做妳的六味地黃丸，妳願意做我的速效救心丸嗎？」

高語嵐哈哈大笑。速效救心丸？這種詞他到底是怎麼想出來的？

這天，高語嵐把尹則的「愛心」午餐也吃光光了，然後她把那個小藥瓶和卡片放進了小

飯桶裡。她沒有傳簡訊給尹則，也沒有打電話。

第三天中午，送餐的服務生又來了。高語嵐謝過他，把前一天的餐盒還了回去，那服務生說老闆問她有沒有什麼話要轉達的，高語嵐笑著搖搖頭。

服務生走了，高語嵐迫不及待打開了小禮盒，這次裡面只有一張卡片，卡片上面寫著：「親愛的，我願意做妳的胸脯肉，妳願意當我的肋骨嗎？」

噗……

高語嵐忍不住又噴笑了，這尹則，腦子裡到底都裝著什麼？

她打開餐盒，看到了今天的菜色。是紅燒肋排——肋骨裹著肉。高語嵐哈哈大笑，笑完了，她一口一口把豬肉從肋骨上咬了下來，不得不說，味道真是太好了。

吃完了飯，她有點小遺憾，因為吃剩下的骨頭不能放進小飯桶裡保存。

她想了想，找了張紙，在上面畫了醜醜的肉排骨，然後連著卡片一起放進了飯桶。

禮拜一了。

這是與胡天公司約定的時限，高語嵐有些忐忑，如果對方公司態度很強硬，就是不處理胡天怎麼辦？他們繼續去踢館嗎？籌碼都用完了，還能怎麼踢？難道真像尹則威脅對方一樣，要用到法律手段了？

高語嵐想問問尹則，但又想起他這幾天的「猛烈攻勢」，有些不好意思打電話。坦白說，她覺得自己有些心動，但她不敢回應。

總覺得不像真的，總覺得他可能只是好玩。要不然，為什麼會喜歡她？明明他們的相識這麼不靠譜，明明相處的時間這麼短。況且他太愛開玩笑了，她不敢信。

高語嵐嘆口氣，一朝被蛇咬，十年怕草繩，說的就是她吧？七年的戀愛信任度都低成這樣，她和尹則這麼短的時間，感情基礎太薄弱，還是不要輕易地陷進去。

正發呆惆悵感情事，她的手機響了，來電的是那個人事經理。她說對高語嵐投訴的事已經上報給公司高層，公司對這事很重視，已經口頭警告胡天，並且會對胡天進行扣除六個月獎金的處罰，並在全公司進行風氣和紀律的整治活動。

接著她又說這個在公司確實引起了不小的震動，胡天對公司的貢獻很大，但公司不會姑息他，今後會嚴格監管考核公司員工的品行紀律，建立公開透明暢通的投訴管道。她說這是公司能做的最大限度的處理和善後，希望高語嵐能夠理解並不要再追究。

高語嵐想了好一會兒，覺得雖然對胡天的處罰只是六個月的獎金，但是如果公司能藉此整頓紀律風氣，又肯加大監管，設定良好的投訴管道，那其實也算不錯。她都未入職，也沒遭受實際傷害，其實能做的真的有限，也許這樣就可以了？

可她總覺得少了什麼，有些不甘心，但又不知還能怎樣。

她想了想，跟那人事經理說她考慮一下。

之後她馬上打電話給尹則說了這事，尹則讓她到餐廳來聊，高語嵐去了。

尹則正在忙，高語嵐等了一會兒他才過來。

高語嵐把事情又說一遍，尹則問她：「妳滿意嗎？」

高語嵐想了想，點頭，「我覺得好像能做的就這些吧？畢竟他們讓步了，也做了處理，如果公司能杜絕這類事件再發生自然是最好的。畢竟要求再高，對方覺得過分了做不到，反而讓他們轉到胡天那邊。胡天對公司來說很重要，他們自然會維護他，但如果能警告他，讓他不敢再犯，也算成功了吧？」她不太確定，有些心虛地偷看尹則。

尹則點頭，其實這事確實不太好辦，他對那人事經理話說得狠，但真操作起來可能真是竹籃打水一場空，這個他知道。對他來說，最重要的是高語嵐的態度。

高語嵐看尹則點頭，鬆了一口氣，可尹則卻又說了：「妳不覺得，他欠妳一個道歉嗎？」

高語嵐驚訝，想了想確實是，但她不太敢提，而且她也不想再見到胡天，她覺得好噁心。

「不想要這個道歉嗎？」尹則再問，表情嚴肅得讓高語嵐有些心慌，好像她要是沒骨氣說「不道歉也沒關係」的話，他就會把她臭罵一頓。

影帝先生的怒氣好可怕，高語嵐很沒膽地附和了：「嗯，是該向我道歉。」

「好，那妳現在打電話給那邊，提這個要求。」

「……」高語嵐的慫病立刻發作。

尹則看著她，慢條斯理地拿了杯子喝了一口茶，放下杯子，他認真正經地又說：「我也可以幫妳打這電話……」

高語嵐趕緊用力點頭，他幫她去受胡天一拜她都沒意見。

「可是我幫妳打完這電話，妳就以身相許嗎？」

「……」高語嵐用力點著的腦袋頓時僵住了，完蛋，脖子好像扭到了。

尹則終於笑了出來，伸手捏揉她的後頸，「笨得要死！」

高語嵐被他的大手撫捏得雞皮疙瘩都起來了，這時候有氣勢地拍開他的手沒問題吧？他的凶悍狠厲也是演出來的吧？不對，他說「笨得要死」這四個字，走的是親熱寵溺路線。

高語嵐心如死灰，所以說，跟這種變幻莫測的人怎麼談戀愛？完全死路一條！

「我、我打電話。」高語嵐決定還是用這個轉移注意力。她拿了手機，尹則的手終於從她脖子上挪開。高語嵐鬆了口氣，開始打電話。

有尹則的目光逼迫，她這電話講得還算流利，她提了要讓胡天跟她當面道歉的要求。那

人事經理說她這邊安排一下，如果可以，會通知她的。

「行了吧？」高語嵐掛了電話後跟尹則說道，說完又嫌棄自己太沒氣勢。

尹則笑得燦爛，又伸手要去揉她的脖子，「還疼不疼？」

高語嵐嚇得一縮，「哎呀」一聲，這次是真的扭到了。好想哭啊，蠢哭的！

高語嵐以扭傷脖子為由要回去了，尹則問她：「都特意來一趟了，難道不該回覆我一下？」

「回覆什麼？」

「愛心午餐的回覆。」

今天中午送給高語嵐的是泰式鳳梨炒飯和海鮮濃湯，送過去時，鳳梨還是整顆的，超大顆。高語嵐剛看到時嚇一跳，打開了才知道是那種泰式餐廳的擺盤方式，炒飯又裝回挖空的鳳梨肚子裡去。外送還搞成這樣，真是太誇張了。

當然，這次還是有一張卡片，上面寫著：我願意做那顆鳳梨，妳願意做那米飯嗎？

高語嵐覺得自己完全敗給了尹則的想像力，既然他說到這個了，她乾脆也滿足一下自己的好奇心好了。

「尹老闆，你到底還有多少配對的詞可以用？」

「妳先回答我的，我再告訴妳。」

高語嵐語塞，過一會兒答：「我就想做個正常人類。」這回答得多巧妙多穩重啊，高語嵐對自己表示滿意。

「那妳願意做我的女人嗎？」尹老闆問得更巧妙且語氣更穩重。

「……」

高語嵐甘拜下風，灰溜溜地回家去了。

晚上，高語嵐上網投履歷，一邊找工作一邊走神，她在猜明天尹則會出什麼新詞，後又忍不住去了他的部落格。他的部落格裡介紹各種做菜方法、廚具用途、廚房小訣竅等等，還有一些他餐廳和農場的活動介紹。

高語嵐一口氣看了十多篇，然後發現了三個錯字和一個語病。對文案工作相當有要求的她，下意識地把錯字和語病的地方記下來，打了電話給尹則。

尹則接得很快，「怎麼，想我了？決定答應我了？」

「別鬧！」

「還是那公司或者胡天這麼晚騷擾妳了？」

「沒有。」

「嗯，那我猜不到了。」

高語嵐心想誰讓你猜了，「我剛才看你的部落格，發現了三個錯字和一個語病，我想告訴你來著，這樣你改過來比較好。」

對面沒有聲音，高語嵐等了等，傻乎乎地搖了搖手機。

「喂……」剛想確認一下是不是斷線，尹則終於開口，他那聲長長的嘆息真是清楚得不像話，「嵐嵐啊，妳讓我知道妳在密切關注我的方式，真是獨具匠心啊！」

「……」

高語嵐憋了半天，擠出一句：「寫錯字，很難看。」

「妳打擊男人也很有一套。」

「那你要不要改？」

「改！」尹則又長嘆一聲，「感覺我不改那幾個錯字，在妳的印象分裡會被扣成負數。」

本來也沒多高好嗎？高語嵐撇撇嘴，「那你給我你的郵箱或者QQ。」

尹則頓了兩秒，忽然高呼：「我錯了，嵐嵐，原來妳追男人也很有一套！」

「……」這真是，高語嵐忿忿，「我要掛了！」

「別別，我錯了！我這不是得意忘形嗎？妳一定要原諒我！」尹則飛快報了自己的QQ

號，然後催她：「快加，我等著呢！」

高語嵐猶豫了一秒，還是加了。尹則那邊秒速通過，高語嵐把他錯字的文章列出來，又把錯字的那句話貼上去，寫明錯哪裡，正準備點發送，尹則那邊先發過來幾串英文和數字。

高語嵐不解，先把自己寫的內容傳過去，然後問他：「你發的是什麼？」

「我部落格和官方論壇的帳號和密碼。都給妳，妳幫我管理一下。」

高語嵐呆了呆，拿起手機撥了過去，「你認識我多久？」

尹則答：「我算一算。」

不用他算，高語嵐氣急敗壞，「還不到三個月！」她又問：「我們見過幾次面？」

尹則答：「我算一算。」

不用他算，高語嵐怒火攻心，「才十二次！」沒等尹則說話，她繼續吼他：「你要把這麼貴重的帳號、密碼交給一個認識不到三個月，才見過十二次面的人，你覺得合適嗎？」

尹則沒開口，高語嵐又說了：「如果我使壞，把你的部落格內容全刪了，你的論壇帖子全刪了，你這幾年的網路經營毀於一旦，你怎麼辦？」

這回尹則搶先答了：「妳幹不出這事！」

「重點不是我幹不幹得出，而是你不能沒有防人之心。」高語嵐教訓個沒完：「網路行

銷多重要，尤其幹你這行的，你這些食譜、生活訣竅這麼多內容，被刪了怎麼救？找都找不回來，多年積累頃刻間就會沒了。」

「好，我錯了。」尹則乖得不像話，馬上認錯。

他態度這麼軟，高語嵐又覺得不好意思起來，她好像激動得有些過分了，可這時候也不好說什麼，只得訕訕道：「那你下回可別這樣了。也就是我，換了真有壞心思，或是要惡作劇的，怎麼辦？」

「可不就是妳，我才這樣的嘛！」尹則放軟聲音：「我太忙了，真顧不過來，又要修圖又要給圖配字，又要寫說明潤色句子，還有回覆留言，真忙不了，每天都一、兩點才能睡。要不，這樣吧，妳就當幫幫我，我管妳一天三餐。」

「你怎麼不說開點薪水給我？」高語嵐沒好氣，剛才都白說了，可他這樣也確實太辛苦。

「開薪水也可以啊，只是管飯顯得我們親暱些。」尹則嘻嘻笑，後又換了個認真口吻：「那就這麼說定了，妳幫我打理網路這塊，我給妳薪水然後管飯。我是說真的，我一直沒招到合適的助理做這工作，妳就當幫我的忙，我能多睡一會兒。」

高語嵐心一軟，這事也不壞，她有興趣，反正她還沒找到工作，有時間。

「那先說好，我只是暫時幫忙，等找到工作，我就要去做我的正職，你還是得趕緊招

人。」

尹則一口答應，又趁熱打鐵，報了一個兼職的薪水給高語嵐，聽起來不差，然後他又說：「妳明天上午到餐廳來，我跟妳具體說說都做些什麼。」

第二天，高語嵐去了。尹則像模像樣地坐下與她開會，給了她一個大容量的隨身硬碟，裡面是他在部落格和論壇的內容目錄及所有文章圖片，還有十多組拍好了但尚未整理的做菜照片和食譜。

高語嵐對這些也很有經驗，問清楚各個平臺的主要情況、那幾組食譜的內容細節，確認了LOGO浮水印的使用要求，以及上圖上文的署名要求。她都記好了，打算回去就把這些活做起來。

中午尹則做飯，就在餐廳廚房的小桌子吃。

他做的咖哩螃蟹，擺盤非常漂亮，還有一個銀魚豆腐湯，非常鮮美。

這次尹則不寫卡片了，直接問她：「我願意讓妳做螃蟹，妳願意讓我做咖哩嗎？」

高語嵐臉抽了抽，讓她做螃蟹算什麼表白啊？

尹則好像知道她在想什麼，笑咪咪地主動解釋：「就是我寵著妳，讓妳橫著走。」

「……」再受寵，也沒有哪個女人願意做螃蟹吧？

高語嵐一本正經，「不願意。」

「真遺憾啊！」尹則搖頭嘆息，把螃蟹肉塞進了嘴裡，「明明把我們相識的時間和見面的次數記得這麼清楚，卻還要口是心非。沒關係，我配合妳，誰要我寵妳呢！」

高語嵐差點沒被蟹肉噎著，真是見鬼了，她還真是把時間和次數記得清楚。

怎麼會有這種事？現在裝傻來得及嗎？

尹則的表情告訴她，來不及了。

既然不能傻，那就只能靠臉皮厚了。高語嵐迅速武裝自己，誰怕誰？

這天高語嵐一直在餐廳工作，她坐在尹則的小辦公室裡，整理他的部落格內容，修圖片寫文字，模仿尹則以前發表文章的語氣用詞寫好了，給尹則看過後，為他發了一篇美食文。

看到發出去的內容馬上有人留言，說「終於更新了，真高興」。高語嵐也很高興，她笑著看向廚房，正巧尹則也正抬眼看她。兩人的目光一碰，高語嵐沒來由心跳得亂了。

心一亂，她就沒忍住找機會多偷看了他幾眼。這幾眼他都沒有發現她，他和廚師們認真忙碌。尹則穿著廚師制服在一旁看著廚師做菜，時不時指點一下，有時自己上手。旁邊有工作人員過來跟他說了什麼，他皺眉深思了會兒，低聲囑咐。他工作的時候嚴肅又穩重，絲毫看不出影帝的光芒。旁邊一個切菜工似乎是拿到了一個奇形怪狀的青椒，托起來讓大家看，

然後大家都笑了，尹則也笑。

爽朗又帥氣的笑容，高語嵐低頭裝沒看見。心跳得很快，可是尹則不是個談戀愛的好對象，況且她並不相信在那樣的情況下會一見鍾情，她覺得尹則是覺得有趣，喜歡逗她。她不想這樣談戀愛，她想要安全感多一些的。

下午快到飯點的時候，高語嵐回去了，基本的東西她都掌握了，剩下有問題再打電話。主要是尹則這邊的客人也馬上要來了，他們太忙，高語嵐又不是員工，在這裡待著總覺得怪怪的。

尹則忙得沒留她，不過為她準備了一個超大的便當讓她帶走。菜色是燒鵝、麻婆豆腐、蝦仁冬瓜湯。裡面沒有卡片了，高語嵐在家裡用盤子和碗把飯菜盛出來，一邊吃一邊想是不是尹則不想繼續玩這把戲了？剛這麼想，手機收到一條簡訊。

尹則發來的。

「太忙忘了寫卡片，現在補上。我願意做那小蝦米，妳願做那冬瓜嗎？」

高語嵐實在忍不住，回覆他：「你才冬瓜！」影帝先生，你追女生一定能追到臭水溝去，哪有一會兒讓女生做螃蟹，一會兒讓女生做冬瓜的。

很快尹則回了：「好的，我也覺得按體積來說，我做冬瓜合適，那蝦米小姐，既然我們

關係確定，什麼時候浪漫約會？」

約會？在湯裡嗎？高語嵐想起剛剛被自己吃進肚子裡的蝦仁冬瓜湯，她沒再回尹則。她想尹則只是愛鬧，但他一定明白她的意思。只是她自己究竟是什麼意思？高語嵐煩惱了。她不敢接受他，卻還想接近他。

這天晚上，高語嵐把尹則的那些網路平臺都仔細看了看，整理了一遍。他的微博挺有趣的，有挺多他自己寫的話，很好笑，粉絲互動也很積極。她今天更新的食譜他轉到微博上去了，下面是粉絲各種搞笑評論，高語嵐笑得肚子疼。然後她忽然有些後悔不該答應幫他做網路內容維護的工作，因為這樣距離太近了，他做什麼她都知道，跟粉絲的互動她都清楚，這樣她會越來越欣賞他的。

真是危險！

這晚，高語嵐沒睡好，雖然後悔，但也不好推辭，只好抱著兵來將擋，水來土掩的心態做下去。也許過一陣，他的新鮮感和玩樂勁頭過去了，他就不再逗她了，那他們也能好好相處，做好朋友。

第二天高語嵐起來的時候頭有些暈沉，但她接到個電話，立時清醒了。那是胡天公司人事經理的來電，她說經過協商，胡天願意向高語嵐當面道歉，地點就在公司樓下的咖啡廳，

她問高語嵐明天可不可以。高語嵐沒敢答應，她不知道尹則明天的時間可不可以，她不敢自己去。

高語嵐打了電話給尹則，尹則說可以，他明天上午有空，讓高語嵐約上午，高語嵐照辦了。

第二天，尹則開車來接高語嵐，到了地方一下車，高語嵐看到一輛警車停在那裡，然後車上下來一個人，雷風警官。高語嵐有些呆，不是吧，她來接受一個道歉還驚動了警察？

結果事實還真是這樣。尹則帶著雷風去了約定的地方，對著黑著臉的胡天和臉色也不太好看的人事經理，一點也不客氣地說這是他們的朋友，過來為這事做個見證，請胡天不必拘謹，該說什麼就說吧。

胡天還能說什麼，帶個警察來做見證是什麼用意他當然明白，是想向他示威，讓他以後別騷擾。他盯著這三人看，好半天才不情不願地道了歉。人事經理在旁邊打圓場說事情已經處理了，希望到此到止，他們公司會加強管理，也請高語嵐不要再追究。

這是高語嵐經歷過這麼多委屈事後，第一次有人跟她道歉。雖然不情不願，但有好幾個人證在一旁，陣仗不小。高語嵐內心有些小激動，她轉頭看向尹則，尹則也正在看她，「滿意嗎？」

高語嵐點頭，比起從前她受了委屈只能自己躲起來難過，這次真的是太「威風八面」了。

尹則對她笑了笑，那笑容沉穩帥氣，還帶著些寵溺。高語嵐被這笑容晃了眼，她覺得一定是自己太激動而有了錯覺。

尹則笑完了，轉向胡天，「今後就管好自己的下半身，不然下一次遇到的，可未必會像我們這麼好說話了。」

胡天氣得咬牙，但也說不出話來。高語嵐看著他那臉色，就覺得好解氣。

尹則招呼了一聲，高語嵐跟著尹則、雷風走出來。神清氣爽，走路有風，進門前的緊張全部不見了，短短幾分鐘而已，整個大變身。

雷風沒停留，沒客氣。高語嵐對他說謝謝，他只是笑了笑，跟尹則說了幾句話，各自上車走了。高語嵐坐在車裡偷偷看尹則，他不開玩笑的時候真是挺穩重的，而且很有男子氣概，有正義感。

高語嵐沒敢多看他，很刻意地看向了窗外，假裝在看風景，但心跳有些快，心裡有些亂。

她覺得，危險越來越近了。

漫畫小劇場

不可調和的夫妻矛盾(上)

遛狗的學問

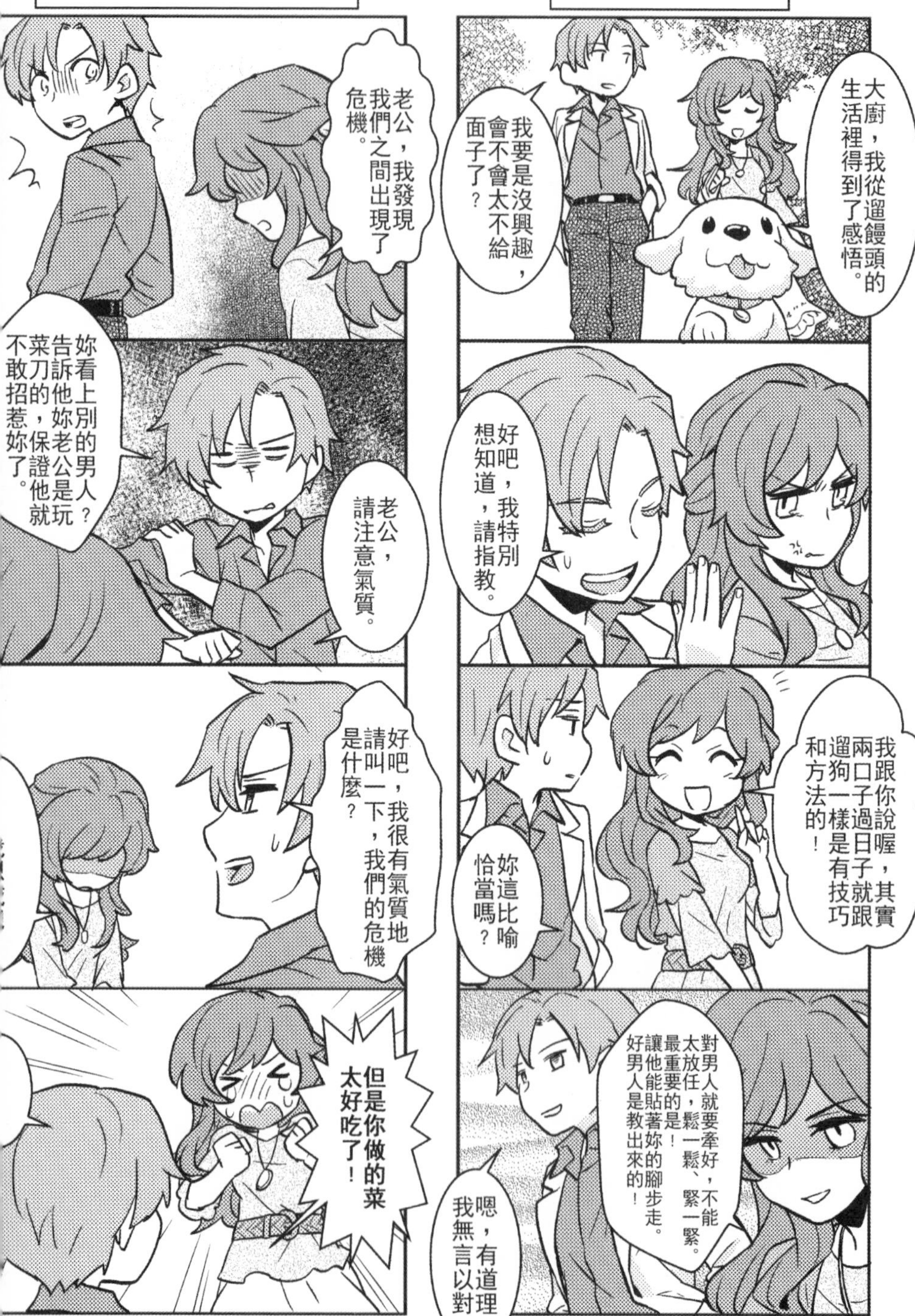

不可調和的夫妻矛盾(下)

醒後早餐好豐盛，午餐再減好了。然後午餐又很好吃的樣子，於是又想晚餐再……
還挺雄心壯志的啊！
吃飯中間煎熬！你說，這個不可調合的夫妻矛盾該怎辦？
這個倒不難。
真的嗎？
你有辦法讓我能用堅強的意志減肥？
我有辦法讓妳能用堅強的意志努力吃！
餓妳兩頓就老實了！
……

四格小劇場

汀風／故事
櫻井實／漫畫

快來吧！
錯過就只能等明年囉！

晴空家族
2014 集點活動開麥拉

超值好康獎不完，千萬別錯過！

為慶祝晴空家族成立，麥莉莉要來舉辦好康大放送的活動了！凡購買晴空家族 2014 年 11 月底至 2015 年 3 月底出版之指定新書，集滿任 10 本書腰或折口截角上的「晴空券」，就有機會獲得晴空家族 2015 全新推出的獨家限量好禮，一年只有這一次，機會難得，請快把握！

活動辦法

請於 2015 年 4 月 15 日前〈郵戳為憑〉，剪下晴空家族指定書籍內附的「2014 晴空券」10 點，貼於明信片上，並於明信片上註明真實姓名、電話、年齡、學校〈年級〉或職業別、住址、e-mail，寄送到 104 台北市中山區民生東路二段 141 號 5 樓「晴空家族 2014 集點活動收」，就能參加抽獎。

獎品

【名額】以抽獎方式抽出 20 名幸運讀者

【獎品】送 2015 年書展首發新書全套周邊精品。

【活動時間】於 2015 年 5 月 5 日抽獎，5 月 15 日在「晴空萬里」部落格公布得獎名單，並於 6 月 1 日前寄出獎項。

注意事項

1. 單書的「晴空券」限用一張，如同一本書重複寄了兩張以上晴空券參加抽獎活動，將以單張計，不另行寄還，如晴空券不足 10 張，將視同棄權。
2. 主辦單位保留隨時修正、暫停或終止本活動之權利，如有變動將另行公布於「晴空萬里」部落格。
3. 活動辦法及中獎名單以「晴空萬里」部落格之公告為準。
4. 本活動獎品之規格及外觀以實物為準，網頁／書封／廣告上圖片僅供參考，獎項均不得轉換、轉讓或折現。

主辦單位保留更換活動書單與等值獎品之權利。

〔預定參加書單〕

漾小說	綺思館		狂想館
沖喜 1-5（完）	喂，別亂來（上、下）	娘子說了算（上、下）	縷紅新草（上）
許你盛世安穩（上、中、下）	出槌仙姬 1-2	夫君們，笑一個 1	超感應拍檔（上）

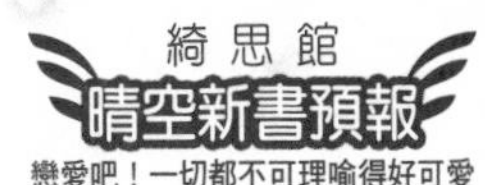

綺思館
晴空新書預報
戀愛吧！一切都不可理喻得好可愛

娘子說了算 上

雲端／著
殘楓／繪

只是跑錯升級檢定考場，卻陰錯陽差成為大神的女人，
還多了一幫叫她嫂子的小嘍囉

面癱大神×天然蘿莉

TAG：全息網遊、浪漫甜蜜、輕鬆爆笑、小虐怡情

滿月在全息網遊《天泣online》裡是個專攻烹飪的小廚娘，立志以精湛的廚藝「斂天下之財」，卻在職業升級檢定考試當天跑錯考場，被有著「天煞孤星」絕命命格的冷面大神風雨瀟瀟相中，成為大神的小娘子……

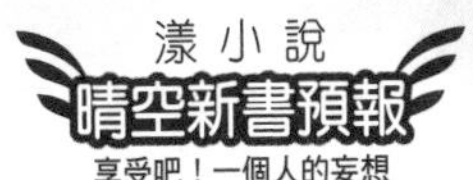

沖喜 2

他不懂，本來針鋒相對的兩人，怎麼會忽然合拍？
卻原來是自己已經對她動了心，才會覺得她越來越可愛。

桂仁／著
畫措／繪

琴棋書畫樣樣精通的大家閨秀，淪落為寒門小戶的殺豬女，
卻因此與斯文俊逸的貧寒秀才做起了假夫妻，
誰知做著做著，竟做出了生死不渝的真感情來……

她只想著賺到錢就能瀟灑離開，過自由自在的生活，
殊不知，她那有名無實的假夫君不知不覺對她動了情，
心心念念地要留下她，做對人人稱羨的眷侶！

綺思館 003

喂，別亂來（上）

國家圖書館出版品預行編目資料

喂，別亂來 / 汀風著. -- 初版. -- 臺北市 : 晴空,
城邦文化出版 : 家庭傳媒城邦分公司發行,
2014.12-
冊； 公分. --（綺思館 ; 3）
ISBN 978-986-91202-1-0（上冊 : 平裝）

857.7　　103021440

作者	汀　風
封面繪圖	Welkin
責任編輯	施雅棠　羅婷婷
國際版權	吳玲緯
行銷	陳麗雯　蘇莞婷
業務	李再星　陳玫潾　陳美燕　杻幸君
副總編輯	林秀梅
副總經理	陳瀅如
編輯總監	劉麗真
總經理	陳逸瑛
發行人	凃玉雲
出版	晴　空 城邦文化事業股份有限公司 104台北市中山區民生東路二段141號5樓 電話：（886）2-2500-7696　傳真：（886）2-2500-1966
發行	英屬蓋曼群島商家庭傳媒股份有限公司城邦分公司 104台北市中山區民生東路二段141號2樓 客服服務專線：(886)2-2500-7718；2500-7719 24小時傳真服務：(886)2-2500-1990；2500-1991 服務時間：週一至週五09:30-12:00；13:30-17:00 郵撥帳號：19863813　戶名：書虫股份有限公司 讀者服務信箱：service@readingclub.com.tw
晴空部落格	http://sky.ryefield.com.tw
香港發行所	城邦（香港）出版集團有限公司 香港灣仔駱克道193號東超商業中心1樓 電話：852-2508-6231　傳真：852-2578-9337 E-mail：hkcite@biznetvigator.com
馬新發行所	城邦（馬新）出版集團【Cite(M)Sdn. Bhd.(45832U)】 411, Jalan 30D/146, Desa Tasik,Sungai Besi, 57000 Kuala Lumpur, Malaysia. 電話：(603) 9057-8822 傳真：(603) 9057-6622 Email：cite@cite.com.my
美術設計	廖婉禎
內頁排版	洸譜創意設計股份有限公司
印刷	鴻霖印刷傳媒股份有限公司
初版一刷	2014年12月02日
定價	250元
ISBN	978-986-91202-1-0